Wachten op Autumn

Scott Blum
Wachten op Autumn

Vertaald door Afineke de Vries

Uitgeverij De Arbeiderspers
Amsterdam · Antwerpen

Mixed Sources
Productgroep uit goed beheerde bossen
en andere gecontroleerde bronnen
FSC www.fsc.org Cert no. SCS-COC-001256
© 1996 Forest Stewardship Council

Oorspronkelijke titel: *Waiting for Autumn*
Uitgave: Hay House Inc., Carlsbad CA

Omslagontwerp: Studio Jan de Boer
Omslagfoto: © Underwood & Underwood/Corbis

ISBN 978 90 295 7387 0 / NUR 302

www.arbeiderspers.nl

Voorwoord

Veel mensen hebben me gevraagd of het hierna volgende verhaal echt gebeurd is of dat ik het heb verzonnen. Ik vind het altijd moeilijk om hier antwoord op te geven. Voor mij is het zo dat de werkelijkheid niet begrensd wordt door de tastbare wereld, de vorm ervan wordt bepaald door energie die in de openingen tussen tijd en ruimte drijft op de ongrijpbare rivier van intentie. En de energie ingesloten in deze pagina's is net zo echt als het licht dat ik heb gezien, liedjes die ik heb gehoord of het fruit dat ik heb geproefd. Het is waar dat ik een fictieve draad heb gebruikt om deze woorden samen te weven in een stof die gemakkelijker gewaardeerd kan worden en het is ook waar dat veel van de gebeurtenissen die ik hier heb beschreven werkelijk zo waren dat mensen zich ermee zouden kunnen vereenzelvigen. Maar dat is voor mij niet zo belangrijk, omdat de onderliggende energie mijn werkelijkheid is en altijd zal blijven.

Ik hoop dat u plezier zult beleven aan het lezen van mijn werkelijkheid en spoedig geïnspireerd zult zijn om naar die van uzelf te luisteren.

I

Hij was de gelukkigste dakloze die ik ooit had gezien. Hij glimlachte warm en vriendelijk en zijn schouderlange haar paste bij zijn samengeklitte rode baard. Hoewel hij waarschijnlijk dezelfde haveloze bruine kleren droeg die hij de dag daarvoor had aangehad en rook alsof hij zich een week lang niet had gewassen, was er iets in zijn waterblauwe ogen waar ik rustig van werd.

Terwijl ik mijn boodschappen over de parkeerplaats van de supermarkt droeg, las ik het kartonnen bordje met de handgeschreven tekst dat hij vasthield:

Ontvang altijd met vriendelijkheid

Ik liep langs hem heen en zijn glimlach werd veelbetekenend breder. Ik keek naar beneden en zag dat er een kleine zwarte pup bij zijn voeten lag te slapen. Toen ik hem bijna voorbij was, mompelde ik in mezelf: ‘Dat is ironisch.’

‘Wat is ironisch?’ vroeg hij.

Geschrokken zette ik nog een stap, ik hoopte dat ik net zou kunnen doen alsof ik hem niet had gehoord.

‘Wat is ironisch?’ herhaalde hij.

Ik stond stil en draaide me langzaam om.

Ik schaamde me en zei: ‘Het is ironisch dat jij advies geeft over de manier waarop je moet ontvangen terwijl je om geld vraagt.’

‘Ik vraag helemaal niks,’ schamperde hij. ‘Op dit moment ben ik aan het geven.’

Ik hapte zonder er zelfs maar over na te denken. 'En wanneer ga jij mij dan iets geven?'

'Dat heb ik al gedaan, maar jij wilde het niet accepteren in de vorm waarin het werd aangeboden.'

'Nou, ik denk dat jij je vergist, je hebt me echt niets gegeven. Misschien verwar je mij met iemand anders.'

'Nee, ik verwar je niet met iemand anders!' Het was duidelijk dat hij zich ergerde. 'Ga nu alsjeblieft weg, ik heb het erg druk.'

Ik keek om me heen en zag helemaal niemand in de buurt.

'Ga nu alsjeblieft weg,' herhaalde hij en draaide zich van me weg.

Gegeneerd droeg ik mijn boodschappen heuvelopwaarts naar mijn appartement. Ik wist niet welke woorden van mij hem zo beledigd hadden, maar het was duidelijk dat hij niet blij was met de manier waarop ik me had gedragen.

Toen ik weer in mijn appartement was, zat dat wat er gebeurd was me nog steeds heel erg dwars. Ik probeerde het van me af te zetten en mezelf ervan te overtuigen dat hij me waarschijnlijk met iemand anders verwarde. Ik wilde het vergeten en gewoon doorgaan met de dagelijkse dingen, maar dat lukte me gewoon niet. Meestal maakte het me niet uit wat anderen van me vonden maar met hem voelde ik een vreemde band en die wilde ik niet verbreken.

Na minder dan een uur pakte ik mijn portemonnee en liep de heuvel af. Ik wist niet zeker wat ik zou gaan zeggen, maar ik moest het in ieder geval *proberen*.

Ik was opgelucht toen ik zijn samengeklitte rode haar zag en zijn kleine zwarte pup dicht bij de supermarkt. Terwijl ik naar hem toe liep, zag ik dat hij een nieuw bordje had waarop stond:

Ik wil een sinaasappel.
Wat wil jij?

Ik glimlachte en dacht dat het een goed plan was om daar vrede mee te sluiten. Ik liep de supermarkt binnen en kocht de beste navelsinaasappel die ik kon vinden, en nog wat kleine dingetjes die ik eerder niet meer had kunnen dragen.

Terwijl ik door de dubbele deuren liep gooide ik hem de sinaasappel toe en probeerde het nog een keer. 'Alsjeblieft,' zei ik terwijl de sinaasappel door de lucht vloog.

'Dank je wel.' Hij glimlachte en het leek of hij echt dankbaar was voor die sinaasappel. 'Dit is het beste wat me vandaag is overkomen.'

Zijn woorden maakten dat ik me meteen veel beter voelde, en ik besloot hem een beetje te gaan plagen.

'Dus jij kunt me helpen om te krijgen wat ik wil?' schamperde ik.

'Natuurlijk kan ik dat.'

'Hoe krijg je dat voor elkaar?'

'Je kunt alles manifesteren wat je wilt.'

'Echt waar? Waarom doe jij dat dan niet?'

'Dat doe ik elke dag.'

'En waarom ben je dan nog steeds dakloos?'

'Waarom denk je dat ik dakloos ben?'

Goeie genade, dacht ik, als ik nog langer met hem bleef praten zou ik beter op mijn woorden moeten passen.

'Wat heb je dan gemanifesteerd?' vroeg ik, in een poging om van onderwerp te veranderen.

'Vandaag heb ik een sinaasappel gemanifesteerd.'

Ik lachte. 'Je schreef alleen maar op een bordje dat je een sinaasappel wilde.'

'En jij hebt me er eentje gegeven. Het is dus duidelijk dat het me gelukt is om die te manifesteren.' Hij glimlachte trots.

'Dus als ik een miljoen dollar wil, hoef ik alleen maar op een bordje te schrijven "Geef me een miljoen dollar" en dan zal iemand het gewoon aan me geven?'

'Geloof je dat het zal gebeuren?'

'Natuurlijk niet! Het gebeurt echt niet dat iemand een bordje ziet en me dan een miljoen dollar geeft!'

'Je hebt je eigen vraag beantwoord.'

'Je bent het dus met me eens, je kunt niet zomaar alles wat je wilt uit het niets tevoorschijn toveren.'

'Nee, ik ben het er gewoon mee eens, dat jíj niet gelooft dat het de juiste manier is om een miljoen dollar te manifesteren. Bij het manifesteren gaat het niet om een halfslachtige poging die vervolgens mislukt. Het gaat om het op één lijn brengen van je doelen en je bestemming zodat ze samenvallen. Je moet zonder twijfels er helemaal in geloven en handelen zonder te aarzelen want anders verspil je je tijd. Wil je echt een miljoen dollar?'

'Natuurlijk wil ik dat.'

'Ik geloof je niet.'

'Waarom niet?'

'Omdat ik een sinaasappel heb, en het ziet er niet naar uit dat jij ook maar iets dat in de buurt komt van een miljoen dollar in je zakken hebt.'

Misschien had hij daar wel gelijk in.

'Wat wil je écht?' Het voelde alsof zijn ogen gaten in me boorden.

'Ik wil gelukkig zijn,' antwoordde ik na een lange stilte.

'En dáár kan ik je wel mee helpen. Als je maar eerlijk tegenover jezelf bent, ben je al halverwege. Ik heet Robert,' zei hij terwijl hij zijn hand uitstak.

'Ik ben Scott.' Ik drukte hem de hand.

'Leuk om je te leren kennen, Scott. En dit is mijn pup Don. Als je hier morgen weer naartoe komt rond dezelfde tijd heb ik iets voor je.'

Terwijl ik wegliep, was ik geïntrigeerd door en tegelijkertijd bang voor de aantrekkingskracht die Robert op me had. Ik vond het vreemd dat in Ashland de mensen zo open en warm waren, daar moest ik nog aan wennen. In Los Angeles, waar ik eerst woonde, was ik helemaal gewend geraakt aan de deken van de anonimiteit waar de mensenmassa's in de stad in voorzagen. En toen ik voor het eerst merkte hoe vriendelijk de mensen waren in dit kleine bergstadje in het zuiden van Oregon schaamde ik me voor het feit dat ik mezelf in de loop der jaren zo had afgesloten en ik nam me voor om opener te worden. In dit stadje wist niemand hoe afgestompt en wantrouwend ik in LA was geweest, en ik wilde mezelf helemaal veranderen in een vriendelijk persoon die alleen maar het goede in de anderen ziet. Mentaal was het zwaar voor me, maar ik kreeg bijna onmiddellijk weer wat van het optimisme uit mijn jeugd terug. Ik besloot dat ik dat ideaal voor ogen moest zien te houden terwijl ik de heuvel op liep om nog meer verhuisdozen uit te pakken.

Ik was heel blij met mijn nieuwe appartement. Het lag op een heel mooie plek, dicht bij het Lithia park in de heuvels in het noorden die uitkeken op het centrum van Ashland. Het appartement lag verscholen tussen grote eiken in een straat met bomen aan weerszijden. Het lichtgele gebouw was veel groter dan ik gewend was en leek meer op een huis dan op een appartement, vooral omdat er een hele grote achtertuin was. Vanuit de slaapkamer had ik een fantastisch uitzicht en ik huurde het per maand, als Ashland zou tegenvallen dan kon ik gewoon mijn spullen weer pakken en mijn reis naar het noorden voortzetten; ik zou na een maand al kunnen vertrekken.

Een paar dagen daarvoor was ik onderweg naar Portland om opnieuw een leven op te bouwen nadat ik mijn baan weer eens was kwijtgeraakt in de ongevoelige entertainmentindustrie. Sinds ik naar Los Angeles was verhuisd, lukte het me door pech nooit om een baantje langer dan een paar maanden te houden. De redenen waren altijd financieel van aard, maar de waarheid was dat ik nooit een eigen plek vond bij de bedrijven waarvoor ik werkte en daardoor was ik altijd degene die het eerst moest vertrekken als het financieel minder goed ging. En doordat ik erg goed was in het uitkiezen van de verkeerde werkgever kwam het erop neer dat ik vaker zonder werk zat dan dat ik een baan had.

Uiteindelijk beloofde ik mezelf dat als ik mijn baan opnieuw zou verliezen, ik uit de stad zou vertrekken voordat mijn spaargeld zodanig was geslonken dat ik nooit meer zou kunnen vertrekken. Gelukkig was een van de eerste mensen die ik in LA had ontmoet een jonge ambitieuze bandmanager die Clark heette. Hij werkte voor dezelfde platenmaatschappij waar ik voor ging werken toen ik net naar LA was verhuisd en hij was altijd bezig met plannetjes om snel rijk te worden. We konden het bijna meteen goed met elkaar vinden, maar toen ik hem ontmoette was hij al afscheid aan het nemen. Hij had genoeg van Hollywood en besloot om naar Portland te verhuizen waar hij een onafhankelijk platenlabel wou beginnen om zijn voordeel te doen met de bloeiende muziekscene aldaar. Nadat hij zijn nieuwe bedrijf in Oregon had opgestart, vroeg hij me of ik voor hem wilde gaan werken. Ik besloot om op dit aanbod in te gaan nadat ik te horen had gekregen dat ik over twee weken voor de zoveelste keer zou worden ontslagen. Ik vertrok een dag voordat ik echt werkeloos werd en ik nam niet eens de moeite om afscheid te nemen van de mensen die ik kende. Ik gooide gewoon alles wat er maar in paste in een gehuurde aanhangwagen en ging op weg naar het noorden.

Nadat ik twaalf uur aan een stuk door had gereden, passeerde ik de grens tussen Californië en Oregon en gaf mijn oude Volvo met een luide explosie en een grote dikke zwarte rookpluim dramatisch de geest op de Siskiyou bergpas. Ik had bij een benzinepomp mijn auto moeten laten nakijken voordat ik de bergpas op ging, want ik wist echt wel hoe zwaar de Siskiyou is voor een oude auto. Ik was opgegroeid in een stadje in het noorden van Californië, ongeveer 50 mijl verwijderd van de grens met Oregon, dus had ik die bergpas al meerdere malen genomen. Mijn familieleden waren echter al jaren daarvoor naar het Midwesten verhuisd en mijn oude vrienden woonden er ook al lang niet meer en dus was er geen reden om onderweg te stoppen. Maar nu ik er zo op terugkijk, was het wel een goed idee geweest om het oliepeil nog eens te controleren in Yreka.

Gelukkig reed er een eindje achter me een politieauto toen mijn auto explodeerde. De politieagent zette de smalle rijbaan waarop mijn auto stond af totdat de sleepwagen arriveerde. Ik liet de auto met aanhangwagen naar de dichtstbijzijnde garage verslepen, die in Ashland. En toen ik hoorde hoeveel het zou gaan kosten om de auto weer te laten repareren, moest ik een beslissing nemen: of ik kocht een buskaartje naar Portland of ik zou al mijn spaargeld besteden aan het reanimeren van mijn Volvo.

Bijna koos ik voor een buskaartje maar iets zei me dat ik die beslissing een paar dagen uit moest stellen en gewoon moest blijven waar ik was. Ik zat niet echt vast aan Portland, ik wilde gewoon vertrekken uit LA. Hoewel er strikt genomen wel een baan op me lag te wachten in Portland, had ik genoeg geld om een paar maanden van te kunnen leven terwijl ik werk zocht.

Ik was vergeten hoe leuk ik Ashland vond. Toen ik jong was, was het een van mijn favoriete plaatsen. Ik herinnerde me dat we naar het idyllische toeristenplaatsje gingen om er te winkelen, om uit eten te gaan en af en toe gingen we ernaartoe om een toneelstuk van Shakespeare te bekijken. Het was een schitterend stadje, de lucht was er schoon, er was cultuur, en, wat het belangrijkste was, ik vond het er gewoon erg leuk. Ik voelde me op mijn gemak in Ashland en zo lang ik me kon herinneren had ik me nooit ergens echt prettig gevoeld (zelfs niet in mijn eigen lichaam).

Na een paar dagen vastgezeten te hebben in Ashland leek het leven meteen veel gemakkelijker en ik liet mijn oorspronkelijk plan snel varen en besloot in het zuiden van Oregon te blijven. Ik was nu al veel gelukkiger dan ik ooit in LA was geweest en al snel wende ik zelfs aan een leven zonder auto. Vanaf het moment dat ik hier was aangekomen, had ik alles te voet gedaan en het voelde als een opluchting dat ik bevrijd was van een auto nadat ik daar zoveel jaren aan vast had gezeten.

2

Toen ik de volgende ochtend wakker werd, voelde ik me heel opgetogen. Ik was nog steeds uitgeput door de verhuizing en het uitpakken, maar mijn adrenalinevoorraad zorgde ervoor dat ik actief bleef omdat ik nu officieel in het allermooiste stadje woonde waar ik ooit was geweest. Nadat ik in Ashland was aangekomen, was het weer ongewoon warm gebleven en soms was het net zo heet als het in de zomer in het zuiden van Californië kon worden. Dat was maar goed ook omdat mijn kledingcollectie in de loop der jaren waarin ik in de informele sfeer van de amusementsindustrie had gewerkt, was geslonken totdat deze bijna alleen nog maar uit T-shirts met korte mouwen, spijkerbroeken en tennisschoenen bestond. De plaatselijke bewoners waarschuwden me dat de temperatuur na de seizoenswisseling snel zou dalen, en daar begon ik me al op te verheugen omdat ik in de afgelopen jaren geen winters meer had meegemaakt.

Ongeveer op dezelfde tijd als de dag ervoor ging ik naar de supermarkt, me opgewonden afvragend wat mijn nieuwe vriend voor mij zou hebben meegebracht. Robert zat op de grond in kleermakerszit, zijn rug tegen een conifeer. De zwarte labradorpup lag bij zijn voeten te slapen. Hij droeg dezelfde gescheurde bruine kleren die hij de vorige dag ook aan had gehad, maar het leek erop dat hij wel een borstel voor zijn haar had gevonden. Toen ik dichterbij kwam deed de pup zijn ogen even open om aan te geven dat hij wist dat ik er was, maar hij sloot ze weer snel. Het leek wel alsof hij voortdurend sliep.

'Hoi,' zei ik terwijl ik naar ze toe liep.

'Hallo Scott,' Robert stond snel op, zocht zijn spullen bij elkaar en begon ze in zijn grote canvastas te stoppen. Het bordje dat hij in zijn handen hield en waarop nieuwe woorden waren geschreven gooide hij achteloos op de grond.

Er is geen verschil tussen .... en ....

Die zin vormde voor mij een uitdaging. Ik wist dat ik wel een paar woorden zou kunnen vinden waarmee zijn stelling van gelijkwaardigheid zou worden ontkracht en ik begon te denken aan verschillende vreemde combinaties. Giraffen en alligators. Debutantes en auto's. Ramen en veren.

Uiteindelijk zei ik hardop een paar woorden waarmee ik hem zeker in het nauw zou drijven: 'Ellebogen en paddenstoelen.'

'Sorry?'

'Je bordje, er is geen verschil tussen ellebogen en paddenstoelen,' zei ik zelfvoldaan.

'Daar ben ik het mee eens.' Hij ging door met inpakken. 'Natuurlijk is er geen verschil.'

Door zijn antwoord raakte ik in de war en toen ik begon te protesteren schudde hij zijn hoofd alsof hij wilde zeggen: *Doe geen moeite, je moet nog zoveel leren.*

Daarna stopte hij het bordje in zijn rugzak en rangschikte zorgvuldig een allegaartje aan spullen in de tas met het trekkoord. Hij stak me de tas toe en vroeg: 'Wil jij hem dragen?'

'Natuurlijk.' Ik greep de stoffen tas beet en deed hem

om mijn schouder hoewel mijn ego wel een deukje had opgelopen door zijn neerbuigende reactie.

'Laten we gaan,' zei hij terwijl hij de pup over zijn schouder legde alsof het een met bont bedekte baby was. De hond jankte even zachtjes van verbazing toen zijn buik tegen Roberts schouder werd gelegd maar hij deed zijn ogen niet open en algauw leek hij het allemaal wel weer best te vinden.

We liepen de heuvel op naar Main Street en gingen aan de voet van de heuvel naast de grote grijze bibliotheek naar rechts. Ik was nog nooit in dat openbare gebouw geweest maar de indrukwekkende aanwezigheid keek gezaghebbend neer op het zuidelijke deel van het centrum.

'Waar gaan we naartoe?' vroeg ik.

Met een korte scherpe blik maakte Robert me duidelijk dat mijn vraag niet beantwoord zou worden. Heel eventjes vroeg ik me af of ik hem kon vertrouwen, omdat hij de neiging had zich zo geheimzinnig te gedragen en cryptische dingen zei. Maar de werkelijkheid was dat ik me prettig voelde als ik bij hem in de buurt was. Het was alsof alles was zoals het hoorde te zijn en bedoeld was en hij straalde een bepaalde kinderlijke onschuld uit waardoor alles goed leek. Hoewel het niet echt logisch was om iemand die ik nog maar net had ontmoet zo volledig te vertrouwen, besloot ik om mijn bezorgdheid te laten varen als een laatste restje wantrouwen dat ik in LA had opgedaan. Als ik in Ashland zou blijven zou ik toch ook vrienden moeten maken, en dus probeerde ik mijn twijfels uit te bannen en te genieten van de dag zonder er te veel over na te denken.

'Waar kom je vandaan?' vroeg ik, om van onderwerp te veranderen.

'Van overal, het laatst woonde ik in Eugene.'

'En waarom kwam je hiernaartoe?'

'Om jou te ontmoeten, natuurlijk.'

Ik lachte, ik wist niet zeker of hij een grapje maakte.

'Ik ga daar naartoe waar ik nodig ben, en het lijkt erop dat er in Ashland altijd mensen zijn die klaar zijn om naar het volgende niveau te gaan.'

'Het volgende niveau waarvan?'

'Het volgende bewustzijnsniveau. Omdat Ashland in een vortex ligt, komen er mensen vast te zitten die de spirituele weg op zijn gegaan. En velen, zoals jij, zijn zich er niet van bewust dat ze onderweg zijn totdat ze iemand zoals ik ontmoeten.'

'Iemand zoals jij? Wat betekent dat? Bedoel je dat er meer mensen bestaan die net zo zijn als jij?'

'Natuurlijk zijn er andere mensen die net zo zijn als ik, net zo goed als er andere mensen zijn zoals jij. Jij staat op het punt om spiritueel te ontwaken en ik ben hier om jou daar doorheen te helpen. Gelukkig zijn er veel mensen die spiritueel onderweg zijn, het zijn er nu meer dan ooit tevoren. Het is eindelijk tijd voor deze planeet om wakker te worden zodat we collectief door kunnen gaan naar het volgende niveau.'

Ik had niet het idee dat ik op het punt stond om spiritueel wat dan ook mee te maken. Volgens mij wilde mijn auto niet meer verder in een klein bergstadje, en probeerde ik er het beste van te maken met het kleine beetje geld dat ik had. Ik had nooit eerder echt nagedacht over spiritualiteit. Hoewel mijn ouders waren opgegroeid in gelovige gezinnen besloten ze hun eigen kinderen op te voeden tot agnosten en daardoor had ik niet veel ervaring met dit soort dingen. En we deden wel aan Kerstmis maar dat had dan veel meer met de kerstman en zijn rendieren te maken dan met Jezus en Maria.

Terwijl we verder naar boven liepen in de heuvels die boven het stadscentrum uitstaken, begreep ik eindelijk waarom Robert zo aardig deed. Hij moest wel een religieuze fanaticus zijn die me probeerde te bekeren.

'Wat is jouw geloof?' Ik vond dat het tijd was om open kaart te spelen.

'Geloof? Ik ben niet gelovig!' reageerde hij verontwaardigd. 'Wie begint er nou over geloof? Spiritualiteit en geloof zijn twee heel verschillende dingen.'

'Sorry, ik dacht gewoon...'

'Geloof is de *kennis* van de waarheid,' onderbrak hij me, 'en spiritualiteit is de *wijsheid* van de waarheid.'

'Zeg je nou dat gelovige mensen niet spiritueel zijn?' Ik was in de war.

'Natuurlijk niet.' Zijn stem werd veel zachter en begripvoller toen hij het verder uitlegde.

'Er zijn heel veel gelovige mensen die zeer spiritueel zijn. Een geloof is gewoon een van de vele wegen naar een spirituele bewustwording. Het onthouden van stukken tekst, het uitvoeren van rituelen, of het bestuderen van de wetenschap van het universum, het komt allemaal op hetzelfde neer: ze zorgen ervoor dat je hoofd bezig blijft met kennis totdat je genoeg levenservaring hebt om te weten wat je ermee moet doen. En dat is wijsheid. *Wijsheid = Kennis + Ervaring.*'

'Maar als geloof de kennis van de waarheid is, hoe is het dan mogelijk dat zoveel religieuze boeken elkaar tegenspreken?'

Mijn agnostische opvoeding kwam bovendrijven.

'Er is een enkele onderliggende waarheid die iedereen

met elkaar verbindt, of deze nou wel of niet op schrift is gesteld. En hoewel ze het wel proberen, schieten woorden tekort bij het vangen van de esséntie van de waarheid, en tegenstrijdigheid is een van hun eerste valkuilen.'

Ik begon duizelig te worden en ik zwaaide naar Robert om aan te geven dat hij even moest stoppen zodat ik weer op adem kon komen voor we verdergingen. Ik dacht dat mijn conditie behoorlijk goed was, maar het was duidelijk dat al die jaren die ik in de auto en in de files had doorgebracht hun tol hadden geëist.

Robert zette de pup op het pad en vervolgde: 'Maar degenen die ervoor openstaan en willen putten uit de wijsheid van het universum die nu al bestaat, kunnen het pad van de waarheid op gaan in een veel kortere tijd.'

Ik liep weer langzaam door, de steile heuvel op, en nadat hij had gekeken of alles goed was met de pup legde Robert de zwarte lab weer over zijn schouder en rende moeiteloos de heuvel op om me in te halen.

Nadat ik datgene wat hij had gezegd even had laten bezinken, zei ik uiteindelijk: 'Betekent dat dan dat ík kan putten uit de wijsheid van het universum?'

'Ja, dat kun je. We kunnen het allemaal. De vraag is, *ben je er klaar voor om je eigen ervaringen aan het universum uit te leveren?*' Hij keek me gedurende enkele seconden intens aan en ik keek weg.

'Dat klinkt alsof het erg moeilijk is,' zei ik ten slotte.

'Vechten tegen je lót is moeilijk. Maar daarom maak je ook fouten. Om te leren wat wel en niet je bestemming is. Begrijp je dat?'

'Ja. Nee. Ik weet het niet.' Ik had geen energie over om net te doen alsof.

'Dat vind ik nou zo leuk aan jou,' lachte hij. 'Je eerlijkheid is zo verkwikkend.'

Ik wist niet wat ik moest zeggen om het allemaal duidelijker te maken en daarom vroeg ik uiteindelijk: 'Hoe lang help je mensen al met hun spirituele bewustwording?'

'Nu al ongeveer 1200 jaar.'

Ik struikelde bijna over mijn eigen voeten, ik wist niet zeker of ik hem wel goed had verstaan. 'Je ziet er behoorlijk goed uit voor iemand die 1200 jaar oud is.'

'Heel grappig. Natuurlijk heb ik geen 1200 jaar in dít lichaam gezeten. Dit is behoorlijk nieuw.'

'Hoe nieuw?'

'Nog maar een paar weken. Ik heb het in Eugene van Don hier gekregen,' zei hij terwijl hij naar zijn kleine harig maatje wees, wiens ogen nu halfopen waren terwijl het hoofdje van de pup op en neer deinde met elke stap die Robert zette.

'Pup Don gaf jou het lichaam waar je nu in zit? Hoe ging dat dan?'

'Pup Don, dat vind ik leuk.' Hij glimlachte. 'Ik ben wat ze een "walk in" noemen,' ging hij door. 'Dat betekent dat ik op zoek ga naar een gastlichaam dat ik kan gebruiken als mijn eerdere lichaam niet meer goed werkt en dan ga ik het nieuwe lichaam gebruiken. Het lijkt heel veel op datgene wat anderen doen voor de geboorte, maar mijn ziel koos nu niet een nieuw ontstaan lichaam, ik heb er eentje uitgekozen die al weet hoe je moet lopen en praten. Daardoor wordt het een stuk makkelijker om aan de slag te gaan. Na 1200 jaar is het niet nodig dat ik opnieuw een tiener wordt. Dat leidt te veel af.'

Het duizelde me. Ik wist niet zeker of ik hem nu wel of

niet geloofde, maar saai was hij in ieder geval niet.

'En wat heeft pup Don hier allemaal mee te maken?'

'Dit lichaam waar ik nu in zit, was eerst van Don. Jammer genoeg kreeg hij kanker, en hij had geen geld voor de behandeling. En doordat hij zo vastzat in de illusie van de moderne medische wetenschap was hij er zich niet van bewust dat hij zichzelf kon behandelen. Dus toen hij al bijna vertrokken was, gooide ik het met hem op een akkoordje; ik zou hem een ander lichaam geven en voor hem zorgen als ik zijn menselijke lichaam zou mogen gebruiken.'

'En toen veranderde je hem in een hond?'

'Natuurlijk niet!' lachte hij. 'Ik gaf zijn ziel gewoon een paar opties die het meest praktisch waren en nadat ik wat op hem had ingepraat, koos hij het lichaam waar hij nu in zit. Ik zal niet erg lang in dit lichaam blijven, daarom moest hij een lichaam kiezen dat in dezelfde cyclus zit als dat van mij.'

'Hij moest in hondenjaren leven.'

'Precies.'

Nadat we de top van de tweede heuvel hadden bereikt, was ik bijna weer buiten adem en ik wist niet of ik de derde heuvel nog wel zou kunnen beklimmen. Robert gaf me een nog ongeopende fles water en ik nam een slok waardoor ik de kans kreeg om het schitterende uitzicht over de vallei onder ons in me op te nemen. Het water was zeer verfrissend en we bleven nog wat langer staan, lang genoeg om de vallei onder ons te bekijken die zich dicht tegen de heuvels aan genesteld had als een met de hand geweven kleed voor een imposante gemetselde schouw. Ik had nog heel veel plekken in Ashland niet gezien en ik werd telkens opnieuw getroffen door de schoonheid van het stadje als ik weer een nieuw uitzichtpunt vond vanwaar ik het kon bekijken.

'Daar zijn we dan,' zei Robert toen we de top van de derde heuvel bereikten. Voor ons lag een groot met cement bepleisterd waterreservoir. Rechts daarvan veranderde de weg in een onverhard paadje dat verder kronkelde door een veld dat een paardenwei leek te zijn. Ik volgde Robert toen hij naar links ging naar de bovenkant van een verborgen trap die achter een paar grote struiken lag verscholen. Voorzichtig liepen we de onbetrouwbare treden af en kwamen terecht in de meest schilderachtige wei die ik ooit had gezien. Gouden lichtstralen dansten over de met mos bedekte boomstronken en de grond was bedekt met een mengsel van lang groen gras en klimop met heel kleine blaadjes.

'Dit is ongelooflijk,' wist ik uit te brengen terwijl ik de magische schoonheid op me in liet werken die rechtstreeks uit een superromantisch schilderij van Maxfield Parrish leek te komen. Het licht waar de wei in baadde leek voortdurend in beweging te zijn en de tinten van de bomen en het gras veranderden van blauw naar groen naar paars naar oranje en weer terug.

'Ja, dat is waar. Dit is de grootste elfenwei in Ashland. Zorg ervoor dat je op het pad blijft lopen, je moet niet iemands huis vermorzelen.'

Ik wist niet zeker of hij het echt meende of niet, maar de rimpels in zijn voorhoofd vertelden me dat hij waarschijnlijk geen grapje maakte.

'Jij wilde leren hoe je universele wijsheid die al bestaat kunt verzamelen, en daarom heb ik je hiernaartoe gebracht. Juist díé wijsheid vind je overal in de natuur en elke dag word je erdoor omringd. Er wonen veel wijze natuurgeesten in deze wei, daarom is het een plaats waar je gemakkelijk het verschil kunt voelen tussen hun energie en de energie die door mensen wordt voortgebracht. Wees heel stil en voel gewoon hun aanwezigheid.'

Ik ging op een rotsblok zitten dat naast het pad lag en sloot mijn ogen om erachter te komen of ik kon voelen waar hij het over had. Bijna onmiddellijk voelde ik iets kriebelen in mijn buik en moest ik onbedaarlijk lachen, ik kon er niet mee stoppen.

'Ja, ze zijn behoorlijk speels. En ze zijn echt heel nieuwsgierig naar jou! Voel je dat?'

'Uhm, ik denk het wel.' Ik voelde echt iets geks en speels was inderdaad het juiste woord ervoor. Toen ik mijn ogen opende, zag ik een helderblauwe libel op ongeveer 10 centimeter voor mijn neus zweven alsof hij me recht in mijn ogen wilde kijken. De libel vloog weer net zo snel weg als hij was gekomen en toen zag ik nog vier libellen die in een driehoekpatroon boven mijn hoofd vlogen. Binnen een paar seconden leek het alsof ze zich vermenigvuldigd hadden en waren het er tientallen en minder dan een minuut later vlogen er letterlijk honderden libellen tussen de bomen, ze volgden allemaal hetzelfde driehoekige patroon. Een voor een bleven ze allemaal even voor mijn neus zweven totdat ik duizelig begon te worden.

'Libellen!' Ik kon bijna niets uitbrengen terwijl mijn hart sneller klopte van opwinding. Ik had deze sierlijke beestjes altijd al aantrekkelijk gevonden maar ik had er nog nooit zoveel op één plek gezien.

'Ja, elfjes nemen de vorm aan van libellen als ze willen dat mensen hen kunnen zien. Zijn ze niet schitterend?'

'Er zijn er zoveel! Wat doen ze hier?'

‘Elke boom in het bos wordt beschermd door een natuurgeest en omdat we hier in de bergen zitten zijn er heel veel boomelfjes die daarvoor zorgen. Iedereen heeft een taak die uitgevoerd moet worden op deze aarde en dat is hun taak. Ze hebben het geluk dat ze bij hun geboorte al weten wat hun lot is. Voor mensen is het veel moeilijker omdat ze tijdens het eerste deel van hun reis moeten ontdekken wat hun bestemming is.’

Na een paar uur begon het te schemeren onder het bomendak en het licht begon verstoppertje te spelen met de schaduwen. Het groen en het blauw werd bruin en paars, en elke seconde verschenen er nieuwe gezichten in de boombast die ook heel snel weer verdwenen. De libellen vlogen weg naar hun boomhuisjes en Robert pakte pup Don op die diep lag te slapen in de wei.

Zonder iets te zeggen gebaarde Robert dat ik hem moest volgen en we liepen naar de andere kant van de wei waar het schemerlicht nog niet was verdwenen. Er was een brede irrigatiegreppel met een uitgesleten wandelpad ernaast. Ik kon horen dat er nog steeds water door de greppel stroomde hoewel het zomer was. De kalmerende watergeluiden die de rotsen en steentjes op de reis door het bos streelden, bezorgden me een troostend gevoel.

‘Kijk uit waar je loopt,’ zei Robert toen we het pad op liepen. ‘Ik moet je iets heel bijzonders laten zien.’

We liepen ongeveer 10 minuten langs het water totdat we bij een open veld aankwamen, net op het moment dat de avond zich volledig overgaf aan de duisternis.

‘Kijk daar eens!’ riep hij terwijl hij wees naar de grote maan die aan de andere kant van de vallei van achter de bergen tevoorschijn piepte.

We gingen samen op de open plek zitten en keken hoe

de zilveren maan opkwam en de verduisterde lucht verlichtte. De opkomende maan was adembenemend en ik kon me niet herinneren dat ik ooit de tijd had genomen om hier echt naar te kijken.

Toen de zilveren schijf helemaal te zien was, zei Robert: ‘Het is een heel speciale volle maan vannacht. Hij wordt de Zegeningsmaan genoemd en staat voor de vereniging van de aarde en de lucht. Traditioneel is dit een tijd om met een spirituele reis te beginnen, wanneer de kracht van de zomer de natuur vult met volheid en overvloed.’

‘Ben je er klaar voor?’ vroeg hij.

‘Klaar waarvoor?’

‘Klaar om de energie van de maan in te ademen?’

‘Wat betekent dat?’

Hij negeerde mijn vraag en ging door met het geven van een aantal aanwijzingen die ik aarzelend opvolgde. ‘Eerst ga je staan en buig je licht je knieën. Daarna buig je de ellebogen zo dat je onderarmen loodrecht op je bovenarmen staan en je handen draai je aan weerszijden van je hoofd zodat je open handpalmen naar de maan toe wijzen.’

Robert deed het al pratend voor en ik probeerde zijn bewegingen zo goed mogelijk na te doen.

‘Goed,’ zei hij. ‘Leg nu je hoofd in je nek zodat je neusgaten op één lijn liggen met de maan. En doe je ogen halfdicht zodat je door je wimpers naar de maan kijkt.’

Het was niet bepaald een prettige lichaamshouding en mijn nek en onderrug begonnen bijna onmiddellijk pijn te doen.

‘Adem nu de energie van de maan in door je neusgaten in lange, langzame diepe inademingen. Houd de energie ongeveer 5 tellen vast en adem daarna langzaam weer uit door je mond.'

Ik deed wat hij zei en na een tijdje had ik het idee dat ik kon voelen hoe de maanenergie mijn neusgaten binnenkwam, door mijn keel naar beneden ging en opgeslagen werd in mijn onderbuik. Het was een koel, kalmerend gevoel en hoe meer ik ervan binnenkreeg, hoe groter de voorraad energie in mijn binnenste werd. Maar de prettige sensatie werd al snel verdrongen door pijnkrampen in mijn nek en onderrug en na een paar minuten moest ik al gaan zitten.

Toen ik naar Robert keek, zag ik dat hij zijn rechtervoet aan de binnenkant van zijn linkerdij had gezet, net boven de knie, en dat hij op één been balanceerde. Zonder een spier te vertrekken, zei hij: 'Maak je geen zorgen. Het duurt een tijdje voor je lichaam zich prettig gaat voelen in die houding. Maar zelfs als je maar een paar keer diep ademhaalt, zal dat je genoeg energie geven tot aan de volgende volle maan. Ik probeer elke volle maan in te ademen zodat ik genoeg kracht krijg voor de hele maand.'

Ik begreep waarom hij dit regelmatig deed en vond dat ik het zelf ook zou moeten proberen. Ik voelde me sterker dan ooit tevoren en het was alsof de maanenergie op me lag te wachten, dat ik er een beroep op kon doen als ik extra hulp nodig had.

'De maanenergie is in de bergen veel krachtiger dan op de meeste andere plaatsen,' zei hij na een lange stilte. 'De enige andere plek op aarde die toegang biedt tot werkelijk krachtige maanenergie ligt midden in de woestijn.'

Robert zette zijn rechtervoet weer op de grond en maakte zijn tas open die naast pup Don op de grond lag. Hij haalde er een kleine armband uit en gaf die met beide handen aan mij terwijl hij zijn hoofd boog. De armband bestond uit een aantal oranje halfedelsteentjes met zilveren schijfjes tussen witte stenen die op opalen leken en die glinsterden in het maanlicht.

'Dit heb ik voor jou gemaakt. Er zit kornalijn in om je te helpen de waarheid te spreken, maansteen om je intuïtie te voeden en zilveren maantjes om je te helpen de energie te behouden die je vannacht hebt ontvangen. De komende 28 dagen moet je het armbandje elke dag dragen, dan zul je de kracht ervan gaan voelen. De kracht van de edelstenen is een van de geschenken van de natuur. Er zitten al heel veel energiemanen in deze stenen en die energie kun je gebruiken als het licht is. Maar het is wel belangrijk dat je de armband oplaadt door hem buiten neer te leggen in een schaaltje met zout water elke keer als de volle maan schijnt.'

'Dat zal ik doen,' zei ik terwijl ik het armbandje vastmaakte om mijn pols. Ik droeg nooit sieraden maar op de een of andere manier voelde het alsof ik deze armband altijd al gedragen had. Het was alsof een vriend die ik al heel lang geleden was kwijtgeraakt zijn weg terug had gevonden naar mijn pols.

Na een paar minuten keek Robert omhoog naar de lucht en zei: 'Ik moet gaan.' Hij pakte zijn spullen bij elkaar en tilde pup Don op die nog steeds sliep. 'Ik moet vannacht veel doen en ik heb helemaal niet meer op de tijd gelet. Je kunt hier zo lang blijven als je maar wilt. Weet je hoe je weer terug moet lopen?'

'Dat denk ik wel, maar ik ben hier wel klaar.' Ik begon het koud te krijgen, ik had een T-shirt met korte mouwen aan. Ik had niet gedacht dat ik nog in het donker buiten zou zijn.

‘Oké, dan gaan we maar.’

We liepen terug over het gras naast de kronkelende geul en het zilveren licht van de maan werd in het water weerspiegeld. Toen we eindelijk weer terug waren in de wei leek en klonk het heel anders dan ik me herinnerde. Het was alsof iemand de omgevallen bomen langs het pad helemaal anders had neergelegd en de belangrijkste maanstralen verduisterde om opzettelijk bezoekers in de war te brengen. Ik weet zeker dat ik zou zijn verdwaald als ik alleen was geweest.

Terwijl we liepen ging Robert door met het beantwoorden van mijn vragen.

‘Hoe kan de volle maan je energie geven?’ vroeg ik.

‘Het is eenvoudig. Alles in het universum draait om het uitwisselen van energie. Iets helpt bij het verzamelen van energie of het helpt bij het verbruiken van energie. De Chinezen hebben dit yin en yang genoemd. Ik neem aan dat je het yin en yangsymbool wel kent?’

‘Natuurlijk. Een soort cirkeltje met wit en zwart.’

‘Precies. Het maanlicht zit vol met yin-energie, dat is herstellend. En tijdens de volle maan is de yin-energie op haar hoogtepunt, waardoor het veel makkelijker is om het te ontvangen en op te slaan voor later gebruik. Aan de andere kant zit de zon vol met yang-energie die je de kracht geeft om jezelf uit te drukken als je genoeg yin-energie in voorraad hebt. Begrijp je dat?’

‘Je bedoelt dat de maanenergie je bankrekening spekt en dat de zon helpt om het geld uit te geven.’

‘Dat is een goede manier om het te beschrijven,’ lachte hij. ‘Wat ik je wilde laten zien is dat de natuur je kan voorzien van alle energie die je nodig hebt. Je moet alleen rustiger aan gaan doen en toestaan dat je wordt geholpen.

De maan, de zon, en alles in de natuur is ons door het universum gegeven voor hulp bij onze aardse behoeftes. Het is erg jammer dat mensen in de afgelopen honderden jaren hebben geleerd om de natuur te negeren in plaats van er hulp bij te zoeken. Dat is waarschijnlijk de belangrijkste reden waarom het milieu er nu zo slecht voor staat.'

Ik vond het helemaal niet prettig om na te denken over milieukwesties omdat ik er depressief van werd. En het leek of het allemaal te groot voor me was, ik kon er toch niks aan doen.

Robert ging door en het leek erop dat hij precies in de gaten had waar bij mij de schoen wrong. 'We hoeven niet allemaal milieuactivisten te zijn om veranderingen in gang te kunnen zetten. Wat we vanavond deden kan al van grote invloed zijn doordat we onderdeel werden van de natuurcyclus en datgene wat genegeerd werd weer hebben teruggehaald. De natuur leeft en ademt, net zoals jij en ik leven en ademen. Als we voelen dat anderen van ons houden, hebben we meer energie om onszelf te genezen als we ziek zijn. En als je genegeerd wordt of er is niemand die van je houdt, dan is het veel moeilijker om weer beter te worden als je iets mankeert. Door de natuurcyclus te eren laten we zien dat we van de natuur houden en kan de natuur zichzelf gaan genezen. Het is niet het enige wat moet gebeuren, maar het is wel iets wat we allemaal in relatief weinig tijd kunnen doen in ons leven van alledag. En met de kracht van miljarden zielen op deze planeet kan een hele grote genezing plaatsvinden in relatief weinig tijd.'

Ik was er niet van overtuigd dat we alle wereldproblemen op zouden kunnen lossen door eenvoudigweg de natuurcyclus te eren. Maar ik kon wel degelijk de energie van de maan binnen in me voelen en dacht dat als ik me daardoor zo goed voelde, het me waarschijnlijk ook wel zou lukken om een ander levend wezen een goed gevoel te geven als ik mijn best deed. Ik sloeg het op onder het kopje 'Het kan geen kwaad' en nam me voor om elke dag een paar minuten te besteden aan het sturen van goede wensen aan de planeet.

Tegen die tijd waren we de heuvel afgedaald en liepen we in de richting van het centrum van de stad.

'Tot ziens,' zei Robert toen we de voet van de heuvel hadden bereikt.

'Tot wanneer?' vroeg ik, en meteen voelde ik me ongemakkelijk omdat ik zo'n behoeftige indruk maakte.

'Tot het juiste moment. We hebben nu een band die niet afhankelijk is van de archaïsche tijdsindeling. Als het universum wil dat we elkaar ontmoeten, dan zullen we elkaar ontmoeten.'

Als afscheidsgroet zwaaide Robert met zijn hand en daarna liep hij de stad uit terwijl ik de andere kant op liep naar mijn appartement. Mijn hoofd tolde door alles wat er die dag was gebeurd, en ik was volledig uitgeput toen ik eindelijk mijn voordeur had bereikt. Nadat ik in mijn bed was gaan liggen en mezelf had laten wegzinken in de stilte voelde ik de maanenergie nog sterker dan ik hem buiten had gevoeld. De energie borrelde nog steeds in mijn onderbuik en met een glimlach op mijn lippen viel ik heel snel in slaap.

3

Die nacht werd ik een aantal keren wakker en kon ik niet goed slapen door de nachtmerrie die steeds maar weer terugkwam. Een aantal jaren geleden had ik een verloofde die Cheryl heette. In het voorjaar zouden we gaan trouwen. We hadden elkaar leren kennen op de middelbare school, maar pas later, toen we beiden naar Yreka waren verhuisd, kregen we een relatie. Nadat we elkaar weer hadden teruggevonden was de band tussen ons meteen heel goed en en ik vond dat ik geluk had omdat ik zo jong al mijn ware liefde had gevonden.

Cheryl was klein en ze had zwart krullend haar. Ze kon heel goed koken en mij aan het lachen maken. Nadat ze haar diploma van de middelbare school had gekregen, vond ze onmiddellijk een baan als souschef in een populair toeristenrestaurant in een naburige stad. In korte tijd werd ze behoorlijk succesvol en 's avonds werkte ze voor zichzelf omdat ze een eigen cateringbedrijf wilde beginnen. Ik hielp haar zo nu en dan met de boekhouding en met het bedienen van klanten tijdens evenementen. Het was onze droom om uiteindelijk samen fulltime te werken zodra het bedrijf genoeg geld opleverde.

Een van de meest prestigieuze cateringopdrachten die we binnenhaalden was voor een advocatenconferentie in een hotel in de bergen. Het was verreweg de grootste opdracht die we ooit hadden gekregen. Na deze klus zouden we genoeg geld hebben zodat Cheryl haar baan kon opzeggen en fulltime voor haar eigen bedrijf kon gaan werken. Toen de datum van de conferentie minder dan een week voor ons lag, begon ik er een heel slecht gevoel over te krijgen. Ik probeerde wanhopig haar ervan te overtuigen dat ze het niet moest doen. Dat was niet bepaald handig omdat het eten al besteld was en Cheryl was bang dat het heel slecht voor onze reputatie zou zijn omdat de advocaten zoveel goede contacten hadden. Maar het gevoel dat ik had was heel erg sterk en uiteindelijk wilde ik haar niet meer helpen met de voorbereidingen. Onze ruzies gingen dag en nacht door en tegen de tijd dat de conferentie zou beginnen, praatten we niet meer met elkaar en weigerde ik om mee te gaan.

Toen ze na de conventie rond 3 uur 's nachts terugreed door de bergen kwam een dronken automobilist op haar weghelft terecht en botste met zijn auto frontaal tegen die van haar. Ze was op slag dood.

Ongelukkigerwijs is dat niet mijn droom. Wat ik net vertelde is werkelijk gebeurd.

In de droom wringt Cheryl zichzelf uit het wrak, haar gezicht vol met schrammen en haar armen onder het bloed. In haar uitgestrekte handen houdt ze iets wat ze me wil geven terwijl ze langzaam naar me toe loopt. Ze probeert me iets te geven, maar ik sta mezelf niet toe om ernaar te kijken omdat ik heel erg bang ben voor datgene wat ze draagt. Er zijn andere mensen in mijn droom die kijken en wachten op mijn reactie, inclusief mijn moeder die een baby vasthoudt, een politieman, en een meisje van de middelbare school dat ook door een autoongeluk is gestorven. Wanneer Cheryl zo dichtbij is dat ik haar kan aanraken, draai ik haar mijn rug toe en ren ik weg. En dan word ik wakker, mijn hart gaat tekeer en de lakens zijn doorweekt van mijn angstzweet.

Sinds ze was gestorven had ik bijna elke nacht precies

dezelfde droom gehad. Blijkbaar zou het me de rest van mijn leven achtervolgen en dat was mijn verdiende loon omdat ik die noodlottige avond niet met haar was meegereden. Ik wist zeker dat ik iets had kunnen doen om haar te helpen om een botsing met die dronken autobestuurder te voorkomen als ik niet zo koppig was geweest en wel met haar mee was gegaan. Misschien was ze wel afgeleid door de radio en had ik op de weg kunnen letten, of misschien had ik hem wel kunnen ontwijken als ik gereden had.

4

Ik had niet veel geld en ik kon mijn nieuwe appartement maar net betalen. Naarmate de dagen verstreken, begon ik me steeds meer zorgen te maken over geld. Ik had nog steeds niet naar alle mogelijke werkgevers in Ashland gekeken, maar het zag ernaar uit dat het Shakespeare theater, de universiteit, of restaurants en winkels de beste mogelijkheden boden. Voor een baan bij het theater of de universiteit had ik niet de juiste diploma's en daarom werkte ik het telefoonboek door en belde alle winkels en restaurants op. Ik wist dat ik minder zou verdienen dan in LA maar ik besloot dat het beter was om mijn manier van leven aan te passen zodat ik in een stad kon wonen die ik echt leuk vond. Maar bijna alle gesprekken verliepen op dezelfde manier.

'Hallo, ik ben op zoek naar werk. Kan ik jullie mijn cv komen brengen?'

'Sorry, we hebben op dit moment geen personeel nodig maar probeer het nog eens als de zomer voorbij is.'

Een uiterst praatgrage vrouw die bij de Native American winkel werkte vertelde me hoe het zat, waardoor ik wat minder bezorgd werd. 'Alle universiteitsstudenten springen bij in de zomer, dat is perfect voor het toeristenseizoen. Maar als de colleges beginnen in de herfst hebben we weer mensen nodig die op vaste uren kunnen werken.'

Ik had genoeg geld gespaard om het nog een seizoen uit te houden daarom besloot ik dat ik het als een kans moest zien om te kunnen genieten van een zomer zonder verplichtingen. In de herfst zou ik dan wel een baan gaan zoeken. Zo zou ik genoeg tijd hebben om echt te kijken wat er allemaal speelde in Ashland en zou ik mezelf weer opnieuw leren kennen. Mijn tijd had ik meestal werkend doorgebracht en sinds de middelbare school had ik geen zomervakantie gehad. En hoewel ik nog steeds bezorgd was over het geld, verheugde ik me stiekem op datgene wat ik zou ontdekken nu ik geen baan had.

Ik kreeg sterk het gevoel dat ik Robert weer moest opzoeken en ik herinnerde me wat hij gezegd had over dat je het zou weten wanneer de tijd er rijp voor was. Ik wist niet zeker waar ik hem zou kunnen vinden, maar het leek me verstandig om te gaan kijken op de plek waar ik hem voor het eerst had ontmoet. Toen ik dicht bij de supermarkt was herkende ik hem nauwelijks omdat hij een felgekleurde poncho droeg en een ruim zittende crèmekleurige broek. Ik was opgelucht dat hij blijkbaar meer dan één setje kleren bezat hoewel de Zuid-Amerikaanse hippieuitrusting wel een beetje verwarrend was. Toen ik dichterbij kwam, zag ik dat hij met een jonge moeder met dreadlocks praatte die een *tie-dye* rok droeg en een peuter bij zich had in een kinderwagen met spaakwielen. Op de kinderwagen stond: 'Powered by Bio-Diesel.'

'Ik bied je mijn nederige dankbaarheid aan voor het delen van jouw unieke licht met de wereld. Je bent echt gezegend,' zei ze met een hoge ijle stem terwijl ze een dollar op de deken liet vallen waar pup Don op lag. Als afscheid wuifde ze, duwde de kinderwagen de betonnen afrit af en liep verder over de tegenoverliggende stoep.

'Volgens mij heb je een goed humeur,' zei ik nadat het hippiegrietje was vertrokken.

'Het is een goede dag,' zei Robert terwijl hij een handjevol verfrommelde bankbiljetten en muntjes verzamelde die rond de slapende pup lagen. 'Jammer dat de wind eerder zo hard ging waaien,' grinnikte hij. 'Ik ben bijna de helft van mijn buit kwijtgeraakt.'

'Waarom laat je het dan ook zo rondslingeren? Zou je het niet ergens veilig weg moeten stoppen?' In sommige opzichten mocht hij dan slim zijn, in andere opzichten leek hij opmerkelijk dom.

'Het is niet aan mij om te beslissen wie het geld nodig heeft,' zei hij behoorlijk serieus. 'Het is alleen mijn taak om het te verzamelen. De wind zal het verdelen onder degenen die het het meest nodig hebben. En bovendien hou ik uiteindelijk altijd zoveel over als ik nodig heb. Het is het beste om alleen te eten wanneer je honger hebt.'

Terwijl ik zijn vreemde woorden tot me door liet dringen, keek ik naar het kartonnen bordje dat tegen de boom stond waar Robert eerder tegenaan had gestaan.

Vergeet de baarmoeder niet

Ik vroeg me af hoe ik had geweten dat ik honger had toen ik nog in de baarmoeder zat. Ik was altijd voorzichtig met wat ik at, maar zo lang ik me kon herinneren was het een voortdurende strijd geweest. En nadat ik naar LA was verhuisd, waar alles om het imago draaide, stond ik elke dag op de weegschaal zodat ik zeker wist dat de calorieën niet op de verkeerde plaatsen terechtkwamen. Maar in de baarmoeder had ik waarschijnlijk zoveel kunnen eten als ik maar op kon, 24 uur per dag gedurende negen maanden, en bij de geboorte was ik bijna zes pond. Blijkbaar had ik toen geen problemen met te veel eten.

'Kom mee,' zei Robert terwijl hij pup Don in een babydraagzak stopte voordat hij de 1st Street in liep. De zon trok zich terug achter de wolken die zich al de hele ochtend hadden opgestapeld, en de temperatuur daalde meteen een paar graden. Dat was een prettige afwisseling van de hittegolf die was blijven hangen nadat ik in het stadje was aangekomen. Deze keer was ik klaar voor een lange wandeling. Ik had mijn eigen fles met water meegenomen, droeg mijn wandelschoenen met extra dikke sokken en had een flanellen overhemd met lange mouwen rond mijn middel geknoopt voor het geval we 's avonds nog buiten zouden zijn.

Pup Don werd eventjes wakker terwijl Robert hem in de canvas draagzak liet glijden en de hond keek naar me door kleine spleetjes. Maar na een paar stappen sliep de pup alweer.

'Vandaag is een heel speciale dag voor jou,' zei Robert toen we een aantal huizenblokken waren gepasseerd. 'We gaan iets vinden dat van jou was maar dat je bent verloren.'

'Iets van mij dat ik ben verloren? Wat ben ik verloren?'

'Je bent een stuk van je ziel verloren. En een behoorlijk groot stuk.'

'Ik ben mijn ziel verloren? Wanneer ben ik het dan kwijtgeraakt?' vroeg ik.

'Ik weet het niet zeker, maar ik denk dat het al veel seizoenen geleden is gebeurd.'

We liepen verder over de stoep naast een begraafplaats en daarna sloegen we linksaf naar een straat die naar de snelweg liep. De charme van het centrum van Ashland verdampte snel toen we dichter bij de buitenwijken kwamen en dicht bij de snelweg was er van die charme niets meer over.

Afgezien van de omringende bossen en bergen had de kruising overal in de VS kunnen liggen.

'Hoe weet je dat ik een stuk van mijn ziel ben kwijtgeraakt?'

'Omdat er een groot zwart gat in zit. Dat was het eerste wat ik zag bij de supermarkt toen je mijn geschenk niet wilde aannemen.'

'Ik hoopte dat je me toen niet had herkend,' zei ik onbeholpen terwijl ik opnieuw probeerde om erachter te komen wat voor geschenk hij me had aangeboden.

'Hoe had ik jou niet kunnen herkennen? Je loopt rond met een groot gat in je ziel. Iedereen kan het zien, als ze maar kijken.'

Ik begon me meteen onbehagelijk te voelen. Ik zorgde er altijd voor dat mijn kleren schoon en netjes waren, en dat alles bij elkaar paste, en nu kwam ik erachter dat ik een groot zwart gat in mijn ziel had en dat iedereen het kon zien.

'Maak je geen zorgen, de meeste mensen kijken niet.' Het leek alsof Robert altijd wist wat ik dacht. 'Ze hebben het zo druk met hun zorgen om het materiële dat ze zelden aandacht besteden aan het spirituele. Daar heb je dan ook wel geluk mee want je spirituele kant is een behoorlijke puinhoop.'

Ik wist niet zeker of ik me daardoor beter ging voelen. 'Dus je denkt echt dat we vandaag het stuk van mijn ziel kunnen vinden dat ik kwijt ben geraakt?'

'Ik weet niet of we het allemaal vandaag zullen vinden, maar ik weet wel dat we er in ieder geval mee kunnen beginnen. Ik heb zo'n idee dat je al weet waar je het eerste stuk kunt vinden.'

Dat zette me aan het denken. *Waar zou ik het hebben*

verloren? En hoe is het trouwens mogelijk dat je een ziel verliest?

Toen we de snelweg overstaken stelde ik me voor dat ik de rand van mijn ziel kon voelen. Terwijl ik die rand volgde merkte ik dat er een stuk was dat niet zo levendig voelde als de rest. Het leek merkwaardig veel op een litteken, er was iets overheen gegroeid en ik voelde daar niks. Was ik een freak? Gewoon onhandig? Of vergeetachtig? Hoeveel mensen liepen er rond die stukken van hun ziel lieten rondslingeren? En wat gebeurde ermee als je ze was verloren? Bedierven zielen? Ik wilde heel veel vragen maar ik wist niet hoe ik het onder woorden moest brengen.

'Welk deel van mijn ziel ben ik kwijtgeraakt?' vroeg ik uiteindelijk.

'Dat weet ik niet zeker, maar daar zullen we snel achter komen.'

We liepen de Dead Indian Memorial straat in, het was een onheilspellende naam voor een verlaten weg aan de rand van de stad. Toen ik om me heen keek, zag ik dat het landschap hier heel andere kleuren had dan in het centrum van de stad. De heuvels boven Ashland lichtten op door de heldere kleuren van de bladeren en bloemen, terwijl de vallei beneden bedekt was met laaggroeiend lichtgeel gras. Het leek zelfs alsof het stof hier droger was, en met elke stap leek het alsof mijn mond droger werd en mijn lippen begonnen te barsten. Ik was blij dat ik mijn eigen waterfles had meegebracht en ik deed de dop er los op zodat ik slokjes kon blijven nemen terwijl we steeds verder weg liepen van de stad.

Uiteindelijk kwamen we bij een geverfd metalen hek dat met een ketting vastzat aan een dikke cederhouten paal. Robert deed het hek zover open dat ik me er net doorheen kon wringen. Er was geen pad meer en we liepen door het hoge verdorde gras. Bij elke stap die we zetten sprongen tientallen sprinkhanen omhoog. Na de derde heuvel kwamen we bij een puntige witte tipi die in het midden van een gouden veld stond. Ik had nog nooit eerder een tipi van dichtbij gezien en het kegelvormige gevaarte, gemaakt van oude witte canvasstof en verweerde oude palen die aan de bovenkant naar buiten staken, was veel groter dan ik me had voorgesteld.

'Daar zijn we dan,' zei Robert trots terwijl hij naar de tipi wees.

'Is die van jou?'

'Ja,' antwoordde hij terwijl hij pup Don uit de draagzak haalde en hem op de grond neerzette. 'Kom maar binnen.' Robert maakte de flappen bij de ingang los onder zes horizontale houtjes die in de stof waren vastgenaaid en ik ging achter de twee aan naar binnen, het was alsof ik een baarmoeder binnenging. Binnen rekte de pup zich even uit, wandelde naar een stapel opgevouwen bontdekens, rolde zich meteen op en richtte zich weer op zijn slaap.

'Hij slaapt echt heel veel,' merkte ik op.

'Dat zou jij ook doen als je net was teruggekeerd uit de dood. Dat vraagt heel veel van je.'

'Oh.'

Binnen in de tipi hing een rooklucht en de wazige duisternis werd doorboord door één enkele lichtstraal die rechts van pup Don vlak naast hem op de grond viel. Er lagen stapels kleren, uitpuilende papieren zakken en meerdere wollen indianendekens aan de rand van de ronde kamer met zijn vloer van aangestampte aarde. In het midden van de kamer was een vuurplaats uitgegraven binnen een cirkel van grote stenen die waren neergelegd in een complex patroon. Boven de vuurplaats hing een beroete ijzeren ketel aan een driepoot van takken die samen waren gebonden met pakkentouw. Robert pakte een handgemaakte deken die hij openvouwde en precies onder de lichtstraal neerlegde. Hij gebaarde dat ik daar moest gaan zitten. Terwijl ik dat deed maakte hij een klein vuurtje in de vuurplaats en haalde hij vier leren zakjes tevoorschijn waarin verse kruiden zaten.

'Vanochtend heb ik deze medicijnen verzameld in de velden in de buurt. Ze zouden je moeten helpen.'

'Medicijnen? Wat voor soort?'

'Kruiden. Je zult er rustiger door worden zodat je met mij naar het verleden kunt reizen en je ziel terug kunt halen.'

Er begon stoom uit de ketel te komen en na een paar minuten gaf de ketel fluitend aan dat het water heet genoeg was. Robert pakte een onregelmatig gevormde turquoise keramische kop uit een van de papieren zakken en liet er van elk kruid dat hij had geplukt twee snuifjes in vallen. Terwijl hij het stomende water in de kop goot, werd de tipi gevuld met een krachtige geur die ongewoon maar toch ook wel bekend was.

'Hier, dit moet je opdrinken,' zei hij terwijl hij mij de kop met het kruidenmedicijn overhandigde. Ik omvatte de geglazuurde keramische beker met mijn beide handen, hield hem onder mijn neus en ademde in. De grassige geur was zoet en stoffig, er was een overeenkomst met de warme zomerdag buiten, en ik rook ook iets wat ik het beste kon beschrijven als aarde. Ik nam voorzichtige slokjes van het warme brouwsel en hoewel het heel anders was dan wat voor thee ik daarvoor ook had gedronken, smaakte het verbazingwekkend lekker.

'Ik ga toch niet hallucineren?'

'Niet door die thee,' lachte Robert.

Door de vloeistof werd ik rustiger en ik probeerde me te ontspannen en te genieten van de ervaring. Ik was opgewonden maar ook zenuwachtig over wat er nu zou gaan gebeuren, maar ik vertrouwde Robert en geloofde dat hij het beste met me voorhad.

Robert vroeg me eerst of ik wel prettig zat en gaf me een tweede deken voor het geval ik die nodig zou hebben. Daarna liet hij vier soorten kruiden in vier keramische kommetjes verbranden, de smeulende blaadjes vulden de tipi met rook. Ik herkende de geur van salie en ceder maar de andere kruiden had ik niet eerder geroken.

Toen pakte Robert een ondiepe met de hand gemaakte trommel op en begon er langzaam en doelgericht op te slaan. Het grote instrument was gemaakt van twee witte leren huiden die over een uitgeholde boomstronk waren gespannen. Ze waren vastgezet met vergeelde leren repen die elkaar kruisten aan de zijkant van de trommel. Er was ook één grijs gespikkelde veer vastgebonden aan de trommel, die elke keer dat Robert met zijn met de hand gesneden houten slagstok op de trommel sloeg meedanste.

'Oké, nu zijn we er klaar voor. Drink je medicijn op en ga op je rug liggen.'

Ik dronk de thee op, gaf hem de lege kop en ging languit liggen op de wollen deken. De tweede deken gebruikte ik als kussen onder mijn hoofd.

'Sluit je ogen en laat de zonnestraal je gezicht verwarmen.'

Ik sloot mijn ogen en glimlachte terwijl het warme

zonlicht mijn wangen streelde. Mijn hoofd bonsde op het ritme van de trommel waarop Robert nu het tempo opvoerde.

'Ik heb deze tipi omringd met wit licht en vandaag roep ik de ouderen aan om te helpen bij het vinden en terughalen van het missende deel van Scotts ziel zodat hij weer heel wordt. Help ons bij de reis door het verleden, de toekomst en alle plaatsen waar Scott is geweest of ooit zal zijn tijdens dit leven. En help ons om de stukken van de verloren ziel te vinden die er klaar voor zijn om zich weer met hem te verenigen op zijn huidige weg.'

Robert ging sneller ademhalen en vulde de ruimte tussen de trommelslagen met het geluid van de wind. Na een aantal minuten zei hij eindelijk: 'Jouw krachtdier heeft de vorm van een raaf aangenomen en die heeft me naar een jonge vrouw in een auto geleid die een stuk van jouw ziel heeft. Ze is niet langer van deze wereld, maar ze is nog niet naar de andere kant gereisd.'

Ik begon onmiddellijk te rillen over mijn hele lichaam en probeerde mezelf in de deken te rollen waarop ik lag.

'Weet je wie dit is?'

'Ja, ja.' Het lukte me nauwelijk om mijn tranen in te houden. 'Cheryl.'

'Goed zo. Cheryl wil je laten weten dat alles goed met haar is en dat ze je al het beste toewenst. Maar zij moet nu vertrekken en jij moet je ziel weer terug willen hebben zodat zij verder kan gaan met haar reis.'

Ik begon me schuldig te voelen. Hield ik Cheryl op de een of andere manier tegen zodat ze niet naar de andere kant kon reizen?

Het trommelen werd steeds intenser en ik dacht dat ik pup Don in de hoek hoorde jammeren.

‘Scott, ben je er klaar voor om het missende stuk van je ziel te ontvangen?’

‘Ja.’ Ik kon bijna niet praten want ik voelde dat er iets groots te gebeuren stond.

‘Ik vraag de steun en de kracht van de heilige raaf die staat voor intuïtie en spiritueel ontwaken. Help ons om de ziel van Scott bij Cheryl terug te halen en deze veilig en doelbewust terug te brengen naar deze dimensie waar het zich kan voegen bij zijn rechtmatige eigenaar.’

Bijna precies op dat moment werd de zon buiten verduisterd en de lucht in de tipi werd ijskoud. In een paar seconden veranderde de zomer in de winter en het vuur in het midden werd zonder pardon gedoofd. De rook van de kruiden begon te kriebelen achter in mijn keel en door het onophoudelijke getrommel bonsden mijn slapen mee in het ritme.

‘Scott, open je handpalmen naar de lucht en bereid je erop voor dat je datgene ontvangt wat van jou is.’

‘Oké,’ zei ik, in de hoop dat ik het goed deed.

‘Is je hart open en gevuld met liefde?’

‘Ja,’ fluisterde ik. Ik concentreerde me op mijn liefde voor Cheryl en intuïtief maakte ik mijn borstkas zo groot mogelijk, zo groot als ik maar kon.

Robert begon iets te zingen, iets wat ik niet begreep en ik begon me misselijk te voelen terwijl mijn voetzolen tintelden. Het gevoel ging langs de achterkant van mijn benen omhoog naar de onderkant van mijn ruggengraat en kwam uiteindelijk bij mijn nek uit. Het getrommel werd steeds intenser totdat het plotseling ophield, over de tipi viel een stilte die net zo zwaar was als een grote dikke wollen deken.

Ik opende mijn ogen en kon nauwelijks wat zien in de

duisternis, maar toen mijn ogen zich hadden aangepast, zag ik Robert die een lange smalle pijp aanstak met een smeulende tak uit het uitgedoofde vuur.

'De raaf is teruggekeerd met het ontbrekende stuk van je ziel en is nu bij ons. Ik zal nu datgene inademen wat is teruggevonden en als ik uitadem zul je dat wat van jou is ontvangen.'

Robert omvatte de smalle steel van de pijp met zijn lippen en inhaleerde volledig, tot diep in zijn longen. Voorzichtig legde hij met twee handen de pijp op de grond en vervolgens vouwde hij zijn handen net zoals Cheryl had gedaan in mijn dromen. Hij sloot zijn ogen en blies de rook uit door zijn mond, door zijn gevouwen handen en tegen mijn borst aan. Precies op dat moment blies de wind door de canvaspanelen aan de bovenkant van de tipi en werd de lucht gevuld met het geluid van klapperende vleugels.

Het voelde alsof de rook moeiteloos door mijn huid drong en zich verspreidde in mijn organen. Mijn ingewanden werden warm en de warmte verspreidde zich snel: eerst naar mijn longen, daarna naar mijn hart, mijn buik en daarna naar mijn hals en ledematen. Ik voelde een golf van emoties die ik nog nooit eerder zo sterk had ervaren en begon meteen te huilen. De rook maakte me verdrietig en ik kon mijn tranen niet binnenhouden. Ik kromp letterlijk in elkaar van verdriet terwijl de tranen bleven stromen, het leek wel uren te duren. Ik kon niet praten, ik kon niet nadenken. Ik kon alleen maar *voelen*, en ik voelde verdriet en smart.

'Verwelkom je teruggekeerde ziel. Laat je ziel weten hoe blij je bent dat je deze terug hebt en beloof hem dat je er goed voor zult zorgen en altijd vast zult houden.'

Ik deed mijn best om te doen wat hij zei, maar ik kon alleen maar huilen.

'Je gaf Cheryl een stuk van je ziel. Jij geloofde dat dit het ultieme geschenk was, maar niemand anders dan jij kan gebruikmaken van je ziel.'

Mijn opnieuw geïntegreerde ziel kolkte binnen in me, en ik kon werkelijk het nieuwe deel van me voelen dat als een oude vriend was teruggekeerd. Die oude vriend was nog kwetsbaar en als ik me bewoog werd hij blootgesteld aan de elementen. Alles werd geleidelijk waziger en het voelde alsof ik diep in de aarde viel terwijl ik het bewustzijn verloor.

'Sluit je ogen,' zei Robert vriendelijk. 'Je moet nu rusten.'

Ik volgde zijn advies op en gaf me over aan een peilloos diepe slaap.

5

Toen ik de volgende ochtend wakker werd, kon ik bijna de muffe rook proeven die in mijn kleren was gaan zitten. Terwijl ik mijn ogen opende en de puntige top van de canvas tipi zag, duurde het eventjes voordat ik me herinnerde waar ik was en wat ik had gedaan. Nadat mijn zintuigen ook wakker waren geworden, draaide ik me om. Ik verwachtte dat Robert en pup Don ook in de tipi waren, maar ik zag ze nergens. Op de vloer lagen her en der dekens en kledingstukken en het vuur in de haardplaats in het midden smeulde niet meer.

Ik liep de tipi uit en riep mijn vrienden, maar het was duidelijk dat ze al lang geleden waren vertrokken. Na het gedempte licht in de tipi verblindde het zonlicht me bijna. Het was alsof het licht tegen me schreeuwde en ik bedekte mijn ogen eventjes totdat ze aan het licht waren gewend. Toen ik weer wat kon zien, leken alle kleuren veel feller en alle geluiden waren veel luider. Het was alsof de volumeknop omhoog was gezet en ik voor het eerst in mijn leven duidelijk kon zien en horen. Ik keek om me heen en werd getroffen door de schoonheid van de vallei. De droge grashalmen waren nu schitterende gouden snoeren die bogen in de wind en de bergen waren de trotse beschermers van de vallei daaronder. Het was alsof ik voor de eerste keer in mijn leven pure schoonheid zag, levende schoonheid. De energie van de schoonheid werd door alle levende dingen om me heen uitgestraald en ik had er ontzag voor.

Meteen daarna stelde ik me voor dat alles in het niets verdween. Ik was helemaal van streek toen ik me realiseerde dat Cheryl nu voorgoed weg was, en ik viel op mijn knieen en begon te huilen. Ik had mijn emoties niet meer onder controle en ik ging van het ene op het andere moment van uiterste verrukking naar diep verdriet. Ik kon mijn emoties veel dieper voelen dan ooit tevoren en doordat ik eerder Cheryl niet had kunnen laten gaan, werd ik nu zwaar getroffen door het besef dat ze dood was.

Ik ging voor de laatste keer de tipi binnen om mijn overhemd aan te trekken en om te kijken of ik niets had laten liggen en daarna liep ik over het licht uitgesleten pad door de grasvelden naar de stad. Toen ik de eerste huizen, brievenbussen en auto's zag leverde dat een schok op. Ik stond er versteld van dat ik er zo snel aan gewend was om alleen maar natuur om me heen te hebben.

Terwijl ik naar de stad liep, dacht ik na over datgene wat er de vorige dag was gebeurd en ik voelde naar de randen van het gat dat ik in mijn ziel had gehad. Ik was blij toen ik merkte dat het gat nu voor het grootste gedeelte was opgevuld. Het stuk dat eerder dood was geweest, leefde en was zich aan het aanpassen aan de buitenwereld, maar het was nog behoorlijk gevoelig en kwetsbaar.

Sinds de vorige ochtend had ik niets meer gegeten en ik besloot om in de stad een broodje te gaan eten bij mijn favoriete broodjeszaak. Toen ik het restaurant binnenging, was het contrast met buiten behoorlijk groot, niet alleen wat licht en geuren betrof maar ook het gevoel was heel anders. Buiten voelde ik me licht en luchtig, binnen voelde ik een troebele energie die me zwaar op het hart lag. Wat ook niet bepaald hielp was dat elke vierkante centimeter van de muren, van de vloer tot het plafond, bedekt was met ingelijste zwart-witfoto's en rieten modellen van boerderijdieren tot vliegtuigen. In vergelijking met de eenvoudige effen canvaspanelen van de tipi gaven de volle muren me een claustrofobisch gevoel. Als ik niet zoveel honger had gehad, was ik waarschijnlijk weer vertrokken.

Ik vond een leeg tafeltje aan de voorkant en gaf mijn bestelling door aan de gedrongen serveerster met de tatoeages en de schorre stem. Ze droeg haar roodgeverfde haar in een slordig knotje en haar klonterige mascara leek aan te geven dat ze de vorige nacht pas laat was thuisgekomen en daar nog van bij moest komen. Terwijl ik op mijn bestelling wachtte, voelde ik dat er een hele grote zwarte wolk uit de keuken kwam die langzamerhand het hele restaurant vulde. En terwijl ik op de zwarte vinylzitting zat ontdekte ik dat ik de emoties van elke persoon in het restaurant kon voelen door er open voor te staan. Het was alsof de ware gevoelens van iedereen naar me toe stroomden als de oceaangetijden en terwijl de golven braken kon ik hun emoties voelen alsof die van mezelf waren. En hoewel het eerst vermakelijk was, waren de meeste mensen in het restaurant niet erg gelukkig, daarom probeerde ik vervolgens iedereen zo goed mogelijk te negeren.

Toen mijn eten eindelijk kwam, merkte ik tot mijn verbazing dat het broodje op mijn bord ook energie uitstraalde. Het was bijna identiek aan de zwarte wolk die uit de keuken kwam en ik raakte behoorlijk overstuur toen ik het broodje oppakte. Ik wist niet zeker wat er met me gebeurde, maar ik wist wel dat ik honger had en moest eten. Ik besloot om het broodje weer op mijn bord te leggen en nam een hap van de in plakjes gesneden wortels die als garnering op het bord lagen. Die waren nog vers en ik voelde hoe de levenskracht ervan zich verenigde met die van mij terwijl ik erop kauwde, het doorslikte en daarna voelde hoe het door mijn keel naar beneden gleed. De wortels waren echt goed, maar jammer genoeg waren het er maar drie. Nadat ik ze had opgegeten was alleen het broodje met kalkoen en Zwitserse kaas dat ik besteld had nog over. Toen ik het van het bord pakte, voelde ik opnieuw de duistere energie die zijn effect op me had. Het broodje zag er prima uit maar toen ik erin beet, stikte ik bijna. Het voelde alsof ik met die eerste hap de boosheid van iemand anders had binnengekregen, het was als vergif voor mij.

Ik kon niets anders doen dan de hap weer uitspugen op het bord. Ik wreef in mijn ogen terwijl ik erachter probeerde te komen wat er met me gebeurde. Ik had het gevoel dat ik moest overgeven en het duizelde me, alsof ik flauw zou gaan vallen. Ik duwde het bord naar de andere kant van de tafel, dat hielp een klein beetje, maar ik was nog steeds behoorlijk duizelig. Ik had helemaal geen trek meer en wilde hier niet langer blijven. En terwijl ik rondkeek in het restaurant voelde ik dat de energie van alle klanten nog steeds donkerder werd. Het was alsof ze daar allemaal naartoe waren gekomen om zich te voeden met de woede van de kok en zich ermee vulden, of ze dat nu wilden of niet.

Onhandig gooide ik een paar verkreukelde bankbiljetten op de tafel en ging snel weg uit het restaurant. Buiten voelde ik me geleidelijk veel beter, de misselijkheid werd minder in de frisse buitenlucht. Er was iets bij het terughalen van mijn ziel gebeurd waardoor ik uiterst gevoelig was geworden voor de energie van andere mensen, en ik stond er versteld van hoe diepgaand die gevoeligheid was. En ik was ook echt ontdaan door de vreselijke ervaring in het restaurant. Dat de kok zijn slechte energie stopte in het eten voor anderen was onvergeeflijk. Volgens een bordje op de deur was het restaurant er trots op dat ze alleen verse biologische ingrediënten gebruikten, maar het eten werd volkomen verpest door het humeur van de kok.

Ik besloot dat ik het de rest van de dag rustig aan zou gaan doen, ik wilde me ontspannen. Ik liep naar de ingang van het Lithia park en wandelde door het grasveld dat grensde aan het stadscentrum. Ik was er al een paar keer eerder geweest, maar het was alsof ik alles voor de eerste keer zag. In het hele park stonden exotische planten die waren voorzien van koperen naamplaatjes en de paden waren bedekt met een dikke laag houtsnippers die zacht aanvoelde onder je voeten. En er stroomde een kabbelende beek door het park, de kalmerende geluiden klonken over de met kiezelstenen bedekte oevers.

Het was ongewoon rustig in het park en ik bleef er de rest van de dag. Ik verkende verschillende plekjes, vastbesloten om de ideale plek te vinden waar ik lekker kon gaan liggen. Net voorbij de grote eendenvijver vond ik uiteindelijk in het gras bij de beek een warm plekje dat voor mij bestemd leek. Toen ik ging liggen op de groene natuurlijke deken voelde ik hoe een zacht briesje mijn gezicht streelde terwijl ik luisterde naar de vredige watergeluiden van het water dat vlakbij stroomde. Voor de eerste keer sinds mijn jeugd viel ik onder de wolken in slaap en het leek alsof ik urenlang sliep, maar zo nu en dan werd ik ook weer bijna wakker. Ik was nog steeds heel erg verdrietig als ik aan Cheryl dacht maar de natuurlijke schoonheid van het park was opwekkend en in de loop van de middag kreeg ik het gevoel dat het een louterende ervaring was geweest.

Toen de zon onderging liep ik terug naar de supermarkt. Voordat ik naar huis ging, wilde ik wat zilvervliesrijst kopen om mijn weer opkomende honger te stillen. Ik was teleurgesteld toen ik Robert en pup Don niet bij de supermarkt zag, en het voelde alsof ze me hadden verlaten. Na zo'n intense ervaring vond ik dat ik echt met iemand moest praten die zou begrijpen wat ik doormaakte. Waarom was Robert weggegaan zonder afscheid van me te nemen? En hoe meer ik erover nadacht, hoe bozer ik werd. Hij was direct verantwoordelijk voor alles wat ik nu doormaakte en ik had het gevoel dat hij me in de steek had gelaten zonder enige uitleg.

Misschien was ik wel te emotioneel, maar ik was nog steeds boos op hem toen ik uiteindelijk terug was in mijn appartement. Nadat ik een paar grote glazen water had gedronken en een paar hapjes rijst had gegeten, kroop ik in mijn zachte bed en rolde mezelf op in mijn dekens zodat ik niets kon zien of kon voelen van de buitenwereld.

6

De volgende ochtend werd ik wakker doordat iemand op mijn deur klopte. Toen ik de deur opende zag ik een kleine vrouw met lang golvend blond haar die een loshangende witte jurk droeg. Ze had aardige ogen en een mysterieuze glimlach die een tevredenheid uitstraalde die ik herkende maar zelf zelden voelde. Misschien bevond ik me nog steeds in dromenland, maar het leek alsof haar lichaam geen randen had en doorliep in haar omgeving.

'Scott?' vroeg ze.

'Dat klopt,' antwoordde ik terwijl ik de slaap nog uit mijn ogen wreef.

'Hallo, ik ben Martika. Robert heeft me verteld dat er iets fundamenteels met jou is gebeurd en dat je een behoorlijk belangrijk deel van je ziel hebt teruggekregen.'

'Ken jij Robert?'

Ze knikte.

'Waar is hij?' Ik werd weer boos. 'Hij liet me gewoon in de steek zonder afscheid te nemen.'

'Dat doet hij soms.' Ze knikte meelevend. 'Ik weet dat hij het op dit moment erg druk heeft, maar hij zou echt iets moeten doen aan zijn omgangsvormen.'

'Hoe wist je waar ik woonde?' Ik begon wakker te worden en kreeg een raar gevoel over dat wat er gebeurde. 'Ik heb Robert nooit verteld waar ik woon.'

'Het is een klein stadje,' lachte ze. 'Iedereen weet alles van elkaar, binnenkort weet jij ook alles. Mijn vriendin Leslie heeft dit appartement aan jou verhuurd. Dat heeft ze me verteld. Mijn dochter heeft hier ook gewoond. Vind je ook niet dat het uitzicht vanuit de slaapkamer heel mooi is?'

Ik knikte terwijl ik me Leslie voor de geest haalde, de verhuurster met haar zilveren SUV. Toen ik aan haar dacht herinnerde ik me hoe ontzettend graag ze me alles wilde vertellen over mijn buren en ik besloot dat ik extra voorzichtig zou zijn met wat ik zou zeggen in dit stadje.

'Mag ik binnenkomen?' vroeg Martika.

'Oh ja, sorry, ik ben een beetje de kluts kwijt op dit moment.'

'Geen probleem,' zei ze terwijl ik de deur achter haar dicht deed. Nadat we op mijn zwart met bruine hoekbank waren gaan zitten, was het alsof ik haar steeds duidelijker begon te zien, maar terwijl ze praatte leek het alsof ze haar lippen nauwelijk bewoog.

'Hoe voelt je ziel?' vroeg ze met een bezorgde stem nadat ze een groot kussen achter haar rug had gelegd om tegenaan te leunen.

Dat was een goede vraag. Ik zei uiteindelijk: 'Die voelt kwetsbaar.'

'Ja, kwetsbaar is een goed woord. Ik heb veel aan zielenwerk gedaan en de teruggehaalde ziel voelt altijd kwetsbaar na de reïntegratie. Dit is een hele bijzondere tijd. Het is belangrijk om er aandacht aan te besteden en dankbaar te zijn omdat de ziel is teruggekeerd zodat deze zich goed kan aanpassen.'

Ik knikte.

'En hoe voel je je?' ging ze door.

Ik had het gevoel dat ik dagenlang had gehuild en ik was nog steeds behoorlijk neerslachtig. Ik had mezelf nooit toegestaan om te rouwen om de dood van Cheryl en jaren vol verdriet waren plotseling over me heen gestort. 'Ik ben erg verdrietig,' zei ik na een lange pauze.

'Dat komt doordat je iemand hebt verloren die je erg dierbaar was en je kon je verdriet niet verwerken omdat je ziel in shock was toen je haar verloor. Robert en ik denken dat het erg moeilijk voor je zal zijn om dit in je eentje op te lossen en we geloven dat je een steungroep nodig hebt.'

'Oh, ik weet niet of ik dát nodig heb.' Ik vond het idee van een felverlichte kantoorruimte met slechte koffie, oude koekjes en depressieve mensen vreselijk.

'Het is anders dan je denkt,' zei Martika. 'Jij hebt je afgesloten voor je voorouders en zij willen je met dit alles helpen. Maar je moet in contact met ze komen en de gemakkelijkste manier is om dit via een constellatie te doen.'

'Wat is dat?'

'Een constellatie maakt het mogelijk voor je om je open te stellen voor je familieziel, deze geeft je de kracht om je dagelijkse leven te leiden met de steun van je voorouders. Je hebt pas je persoonlijke ziel teruggewonnen, maar die ziel is zo zwaar dat je deze niet alleen kunt dragen. Daarom kon je de dood van Cheryl niet aan. Iedereen heeft toegang tot zijn familieziel, het is een soort onvoorwaardelijk ondersteuningssysteem.'

Ik had geen flauw idee waarover ze het had. Ik had net een intense ervaring achter de rug waarbij ik een ontbrekend stuk van mijn eigen ziel terug had gekregen. Nu vertelde ze me dat ik mijn familieziel terug moest halen. Ik wist niet eens dat ik een familieziel had. Ik zat vol met verdriet maar begon nu ook boos te worden. Wie was deze persoon en waarom bemoeide ze zich zo met me? Ik wilde alleen maar slapen. Ik was zo moe. Waarom kon ze me niet gewoon laten slapen?

'Kom op, Scott. Het is goed voor je. Over een uur begint er een constellatie en ik denk dat je daar naartoe moet gaan.'

Ik wilde echt nergens naartoe, maar ik had niet de energie om te protesteren. Ik was nog steeds een beetje trillerig en daarom ondersteunde Martika me toen we de verweerde houten trap af liepen en in haar witte Subaru stationwagon gingen zitten. Het was de eerste keer dat ik weer in een auto zat nadat die van mij de geest had gegeven en het voelde ongewoon beklemmend.

We reden over de hoofdweg naar de zuidelijke rand van de stad en vanaf de Dead Indian Memorial weg reden we in de richting van Mount Ashland. Toen we bijna buiten de bebouwde kom waren verlieten we de hoofdweg en reden door een wijk met buitenhuizen met netjes onderhouden gazons. De weilanden met vee, inclusief paarden, schapen, lama's en geiten, werden omringd door eindeloze omheiningen van witte paaltjes. Na ongeveer twee kilometer reed Martika een met grind bedekte oprit op tussen twee grote rode gebouwen die op schuren leken. Daarachter lag een aantal gebouwen in landelijke stijl. We reden langzaam over de cirkelvormige oprit en parkeerden de auto dicht bij een klein wit rond gebouw dat in de schaduw stond van twee imposante eiken. Het dak van het gebouwtje bestond uit houten dakspanen.

'We zijn er,' zei Martika. 'Blijf maar even in de auto zitten, ik zal alles voor je klaar zetten.'

Er liepen meerdere mensen rond het kleine gebouw en ik werd me er plotseling weer van bewust dat mijn kleren naar rook stonken. Ik was nog zo moe van de vorige avond dat ik me niet had gedoucht nadat ik de nacht in de tipi had doorgebracht. En doordat ik nog zo groggy was had ik dezelfde kleren aangetrokken die ik gister had gedragen. Ik begon me erg ongemakkelijk te voelen en vroeg me af of ik me nog kon wassen voordat de constellatie begon.

Martika kwam een paar minuten later terug en zei: 'Ze zijn klaar voor je. Kom op, ga mee naar binnen.'

Op dat moment werd ik ontzettend bang voor de constellatiesessie hoewel daar geen reden voor was. 'Misschien is vandaag wel niet de goede dag voor me.' Ik probeerde een goed excuus te verzinnen om te kunnen vertrekken.

'Het gaat vast wel goed. Ik blijf de hele tijd bij je. Je hoeft je nergens zorgen over te maken.'

Hoewel ik Martika nog maar pas had ontmoet, wilde ik haar graag geloven omdat ze werkelijk vol van liefde leek te zijn, en ze was erg aardig. Ik voelde me nog steeds heel emotioneel door het terughalen van mijn ziel, eigenlijk wilde ik niet alleen zijn. Het was prettig dat iemand na zoveel jaar voor me zorgde.

'Kom maar,' zei ze. Ze pakte me bij de hand en leidde me het kleine gebouwtje binnen.

Vanbinnen zag het gebouw er elegant en indrukwekkend uit. In een ronde open ruimte stond in het midden een grote vuurplaats. Het plafond bestond uit houten panelen met knoesten erin en uit een van de panelen was een indianensymbool gesneden. Het leek op een kruis en was met heldere kleuren beschilderd. Op de donkere honingkleurige houten vloer stonden meerdere kartonnen dozen met tissues. Er zaten ongeveer vijftien vrouwen en twee mannen op stoelen die in een kring rond het midden van de kamer waren neergezet, ze hadden allemaal een lichtblauw met wit naamkaartje op. Door de ramen kwam het door de bomen gefilterde licht naar binnen en de kamer rook geruststellend naar zaagsel en oranjebloesem.

'Dit is Scott,' meldde Martika. 'Hij heeft net een zeer intense ervaring gehad met het terughalen van zijn ziel en hij heeft onze hulp nodig.'

'Hallo Scott,' zei de groep in koor, en ik voelde me onmiddellijk zo ongemakkelijk als ik me sinds de middelbare school niet meer had gevoeld.

'En dit is Hans.' Martika wees naar een lange man met grijs haar dat tot op zijn schouders hing. 'Vandaag zorgt hij dat de constellatie goed verloopt.'

'Laten we met Scott beginnen,' zei Hans. 'Ga hier maar naast me zitten.'

Ik ging aarzelend naast hem zitten terwijl Martika's mond zich in een glimlach plooide alsof ze mij wilde laten weten dat alles goed zou gaan.

Hans vervolgde: 'Voordat we beginnen, wil ik dat iedereen zich openstelt voor het veld. Adem in door je neus, diep tot in je hart, en adem langzaam uit door je mond.'

Iedereen deed wat hij vroeg en de kamer vulde zich met de ademhalingsgeluiden die klonken als de wind.

Na een paar minuten vroeg Hans aan mij: 'Hoe voel je je vandaag Scott?'

Ik keek om me heen en iedereen keek naar me. Ik wist niet wat ik moest zeggen maar uiteindelijk zei ik maar één woord: 'Verdrietig.'

'En waarom ben je verdrietig?'

'Omdat mijn verloofde werd gedood. En ik voel me eenzaam.'

'Oké. Hoe heette je verloofde?'

'Cheryl.'
'En hoe is ze gestorven?'
'Ze werd gedood door iemand die dronken achter het stuur zat.'
Onmiddellijk klonken er medelijdende geluiden in de kamer, geluiden die ik maar al te goed kende. Ze vormden de belangrijkste reden waarom ik gewoonlijk niet praatte over wat er met Cheryl was gebeurd.
'Goed, Scott, wie denk je dat in deze kamer de juiste persoon is om jou te vertegenwoordigen?'
Ik begreep niet wat hij vroeg. 'Eh, ikzelf denk ik.'
Gelach weerklonk in de kamer en ik keek naar de deur, ik vroeg me af of ik snel weg zou kunnen komen zonder dat iemand het merkte.
'Jij kunt niet actief deelnemen aan deze sessie, je moet buiten de cirkel zitten en mag alleen maar kijken als de constellatie begint. Binnen in de cirkel zal het veld ontstaan, de poort naar ons collectief onderbewustzijn dat ons allemaal verbindt, los van tijd en ruimte. Gebruik je intuïtie en kies iemand die soortgelijke gevoelens heeft als die jij nu hebt.'
Ik begreep niet alles wat hij zei, maar ik begreep wel dat het de bedoeling was dat ik iemand uitkoos die me zou vertegenwoordigen tijdens deze sessie, wat er dan ook maar gebeurde. Ik stond op en zag dat er afgezien van Hans nog maar één andere man in de kring zat. Hij had een zwarte hangsnor en een riem met een grote zilveren gesp. Duidelijk niet iemand met wie ik me verwant voelde.
'Het hoeft geen man te zijn.' Het leek alsof Hans mijn gedachten kon lezen. 'Kies gewoon iemand die goed voelt.' Ik keek naar de mensen en mijn aandacht werd onmiddellijk getrokken door een meisje van rond de vijfen-

twintig met kort zwart haar, goth make-up en zwarte kleren dat probeerde haar ogen af te wenden zodat ik haar maar niet zou opmerken. Terwijl ik rondkeek vloeiden alle andere mensen samen in een kleurig waas terwijl ik haar duidelijk bleef zien.

Ik tilde mijn hand langzaam op en en wees terwijl ik fluisterde tegen Hans: 'Zij.'

'Lori, kun je opstaan?' vroeg hij.

'Ik vertegenwoordig Scott,' zei Lori terwijl ze de cirkel binnenliep.

'Mooi. Wie zal Cheryl vertegenwoordigen?'

Ik keek naar de naamkaartjes in de hoop dat ik iemand zou vinden met een naam die op die van haar leek, wat het gemakkelijker zou maken. De naamkaartjes vloeiden in elkaar over in een zee van letters, ik merkte dat het me te veel werd en ik beefde. Mijn benen begaven het bijna onder het gewicht van mijn bovenlichaam en ik besloot dat ik maar beter kon gaan zitten voordat het te laat was.

'Het is wel goed,' zei Hans. 'Kies gewoon de eerste persoon uit die goed voelt.'

'Martika,' flapte ik er uiteindelijk uit, ik hoopte maar dat ze nog steeds in de kamer was. Ze was achter me bezig om het eten klaar te zetten en liep naar Lori toe.

'Ik vertegenwoordig Cheryl,' zei Martika toen ze de kring binnenliep.

'Heel goed,' zei Hans. 'Ik ga je helpen met de rest. Ik zou graag je grootvaders willen inbrengen om je te helpen. Vind je dat oké?'

Mijn grootvaders en overgrootvaders waren al lang geleden gestorven. Met de vader van mijn moeder had ik de beste band gehad, maar voordat hij stierf, had ik hem alleen maar om de paar jaar ontmoet. De anderen had ik eigenlijk niet echt goed gekend. Het maakte me niet zoveel uit en ik hoorde mezelf hardop zeggen: 'Natuurlijk, als jij denkt dat het helpt.' Terwijl ik rondkeek zag ik op het moment dat ik sprak een combinatie van verdriet en meeleven in de ogen van bijna iedereen.

Hans ging door met de vastberaden nauwkeurigheid van een cheetah die zijn prooi besluipt. 'Allie, jij vertegenwoordigt de vader van zijn moeder. Diana, jij vertegenwoordigt de vader van zijn vader. Shelly, jij vertegenwoordigt de overgrootvader van Scott, de vader van zijn moeders vader. Scott, waar kwam die overgrootvader vandaan?'

Het duurde eventjes voor ik doorhad over wie hij precies praatte, en nadat ik in mijn gedachten de stamboom was langsgegaan zei ik: 'Hij was een indiaan. Cherokee.'

'Dat dacht ik al. Het klopt gewoon. Devora, jij vertegenwoordigt de Cherokee-stam. Hmm,... dat lijkt wel goed, maar het is nog niet helemaal in evenwicht.'

Hans legde zijn hoofd in zijn nek en begon in kringetjes te lopen. Vanuit mijn waarnemingspost kon ik zijn gezicht niet duidelijk zien, maar het leek net alsof zijn ogen waren weggedraaid terwijl hij zijn achtjes liep met zijn grote voeten. Dit ging een paar minuten zo door en ik merkte dat ik niet de enige was die het onprettig vond want ik zag hoe mensen gingen wiebelen op hun stoel terwijl ze wachtten totdat hij klaar zou zijn.

Plotseling stopte Hans en keek weer recht voor zich uit. Hij sprak met een donderende stem die doorklonk in de hele kamer. 'James,' galmde zijn stem, 'jij vertegenwoordigt de dronken automobilist die Cheryl doodde.'

Bijna onmiddellijk voelde ik hoe al het bloed in mijn lichaam naar boven steeg. Mijn hoofd werd rood van woede terwijl de ‘snor’ de kring binnenliep. Ik kon niet geloven dat hij hem het veld binnenbracht. Ik probeerde op te staan om te vertrekken maar Hans duwde me zachtjes terug op mijn stoel en fluisterde iets tegen me wat ik niet verstond. Ik was echt furieus. Ik wilde opstaan en de dronken autobestuurder in elkaar trappen totdat hij niet meer op kon staan. Ik was duizelig en trilde zo hard dat ik nauwelijks op de stoel kon blijven zitten.

Hans ging wat luider praten. ‘Heeft de dronken bestuurder het overleefd?’

Op de een of andere manier zorgde dit ervoor dat de scherpe randjes er een beetje vanaf gingen. ‘Nee, hij is ook gestorven.’

‘Daar zullen we het zo meteen wel over hebben,’ ging Hans door, ‘maar nu wil ik dat je elke helper ergens in het veld neerzet waar ze volgens jou het meest natuurlijk voelen. Adem gewoon in naar je hart toe en laat het veld je gids zijn.’

Ik had eventjes nodig om weer wat bij te komen maar daarna liep ik vastbesloten naar Martika en terwijl ik zachtjes mijn handen op de achterkant van haar schouders liet rusten, voelde ik hoe er iets tintelends van haar lichaam en via mijn handen en armen langs mijn ruggengraat naar beneden stroomde. Ik leunde naar haar over, zo dichtbij dat ik de geur van haar haren in kon ademen en ging in gedachten onmiddellijk terug naar de eerste keer dat ik Cheryl had ontmoet. Martika werd steeds meer Cheryl, in haar geur, haar houding, en haar aura. Binnen een paar seconden waren alle gelaatstrekken van Martika uitgewist en bleef alleen Cheryl over.

‘Zet haar gewoon neer op de plek die voor jou het meest natuurlijk voelt,’ herhaalde Hans.

Het was net alsof iemand tegen mijn schouders duwde. Ik begon haar naar de buitenste rand van de kring te leiden, veilig en zo ver mogelijk weg van de andere mensen.

'Goed,' zei Hans. 'Nu de anderen.'

Ik werd op dezelfde manier geleid en plaatste mijn eigen vertegenwoordiger naast Cheryl zodat ze naast elkaar stonden en elkaar rustig aan konden kijken. Ik keek naar de rest van de groep en de enige persoon die ik kon zien was de dronken autobestuurder. Mijn woede kwam weer terug, ik voelde het in mijn hart toen ik naar hem keek. Zonder na te denken duwde ik hem naar de andere kant van de kring, zo ver mogelijk van Cheryl vandaan en ik draaide hem zo dat hij met zijn gezicht uit de kring keek. Als hij in het veld moest staan, zou ik ervoor zorgen dat hij niet in de buurt van Cheryl kwam. Hij had al genoeg gedaan, en als het aan mij lag zou hij niets meer doen.

Ik keek naar de rest van mijn familie, mijn grootvaders, mijn overgrootvader en de Cherokee-stam. Met geen van hen voelde ik een band. Zij hadden niks te maken met Cheryls dood en ik begreep niet waarom Hans ze hierbij had betrokken. Ik keek naar Hans, haalde mijn schouders op en zei ten slotte 'Volgens mij is dit het.' Ik keek achterom naar Cheryl en schrok toen ik merkte dat ik Martika helemaal niet herkende. Ze was veranderd in Cheryl en keek me recht aan. De haartjes in mijn nek gingen recht overeind staan toen ik me realiseerde dat het de eerste keer in jaren was dat ik Cheryl echt had gezíén.

'Oké, Scott, jij bent nu klaar. Vanaf nu wil ik dat je alleen kijkt en voelt. Het is belangrijk dat jij je rustig houdt. Ben je er klaar voor?'

Ik knikte en het leek alsof het licht werd gedimd hoewel ik niemand bij de lichtschakelaar zag staan.

Hans liep naar mijn vertegenwoordiger en vroeg: 'Wat voel je?'

'Ik ben boos op de dronken chauffeur.'

Daarna liep hij naar de dronken chauffeur en herhaalde zijn vraag: 'Wat voel je?'

'Schaamte. Spijt,' zei hij terwijl hij begon te huilen. 'Het spijt me zo.'

Hans ging door: 'Ik wil dat je tegen Scott zegt: "Het spijt me dat ik Cheryl uit deze wereld heb gehaald. Het is mijn last en ik ben de enige die de gevolgen ervan zal ondervinden."'

De tranen verzamelden zich bij de hoeken van zijn grote snor terwijl de dronken chauffeur herhaalde: 'Het spijt me dat ik Cheryl uit deze wereld heb gehaald. Het is mijn last en ik ben de enige die de gevolgen ervan zal ondervinden.'

Ik keek ernaar en was met stomheid geslagen, ik kon mijn voeten niet meer voelen. Vanbinnen en vanbuiten was ik helemaal verdoofd en ik voelde dat ik in een shock raakte. Het voelde alsof mijn emoties last hadden van kortsluiting. Ik begreep niet wat er gebeurde, maar ik wist wel dat het me niet aanstond.

Hans liep terug naar mijn vertegenwoordiger en zei: 'Zeg tegen de dronken chauffeur: "Ik heb je onrecht aangedaan door jouw last op me te nemen. De dood van Cheryl is niet mijn verantwoordelijkheid. Het is de last die jij moet dragen."'

Mijn vertegenwoordiger sprak langzaam en duidelijk: 'Ik heb je onrecht aangedaan door jouw last op me te nemen. De dood van Cheryl is niet mijn verantwoordelijkheid. Het is de last die jij moet dragen.'

Na een korte pauze ging Hans door: 'Zeg tegen hem

"Ik geef jouw last aan je terug en laat je met rust." '

Na een ongewoon lange stilte keek mijn vertegenwoordiger naar mij en daarna richtte ze haar ogen langzaam op de dronken chauffeur en fluisterde met trillende stem: 'Ik geef jouw last aan je terug en laat je met rust.'

Ik legde mijn hoofd in mijn handen en begon oncontroleerbaar te huilen. Het gekwetste gevoel in mijn hart werd vervangen door een stekende pijn en ik kon maar niet ophouden met huilen. Ik liet jaren vol woede los die ik aan mezelf had te danken, en voor de eerste keer sinds de dood van Cheryl was ik in staat om mijn last los te laten. *Het is niet mijn schuld.* Die woorden zei ik, steeds maar weer opnieuw. *Het is niet mijn schuld. Het is niet mijn schuld. Het is niet mijn schuld.*

Ik hoorde de snikken van anderen om me heen, en nadat al mijn tranen waren vergoten, had ik het gevoel dat ik een emotionele vaatdoek was die net was uitgewrongen. Ik begon me meteen lichter te voelen toen het schuldgevoel en de woede in mijn hart begonnen op te lossen. Het leek erop dat de constellatie werkte en voor het eerst was ik dankbaar dat ik er was.

'Ga maar lopen,' zei Hans tegen de groep en hierdoor richtte ik mijn aandacht weer op de vertegenwoordigers in de kring.

Iedereen in de groep begon binnen de kring naar elkaar toe te lopen zonder dat ze mijn vertegenwoordiger troosten. Meerdere mensen probeerden haar zelfs helemaal te ontwijken, terwijl andere deden alsof ze haar niet zagen, het was onvermijdelijk dat ze daardoor tegen haar op botsten en ze werd letterlijk rondgedraaid. Cheryl bleef maar proberen om weg te komen van mijn vertegenwoordiger en elke keer dat mijn vertegenwoordiger haar probeerde te volgen, liep een van de anderen tegen haar aan waardoor ze bijna viel. Dit ging zo'n drie minuten door en ik voelde me er erg ongemakkelijk door.

'Zo is het genoeg,' zei Hans uiteindelijk. 'Blijf staan.'

Ik was opgelucht en hoopte dat het eindelijk voorbij was.

Hans liep door de mensen heen, ging voor mijn vertegenwoordiger staan en vroeg: 'Wat voel je?'

'Ik voel me eenzaam. Alsof niemand bij me wil zijn,' antwoordde ze.

De tranen begonnen opnieuw over mijn gezicht te stromen en ik kon mijn ogen niet openhouden.

Door de emotionele mist hoorde ik hoe Hans verderging. 'Dat komt doordat je dood had moeten zijn. Het was de bedoeling dat je samen met Cheryl zou sterven.'

Ik wist niet zeker of ik hem wel goed had verstaan maar hij herhaalde het langzaam en doelbewust: *'Dat komt doordat je ...dood had moeten zijn. Het was de bedoeling dat je samen met Cheryl zou sterven.'*

Dat had ik zelf wel een miljoen keer gedacht, maar ik dacht dat mensen in de positie van Hans de plicht hadden om ervoor te zorgen dat anderen zich goed voelden over het leven en dat hij ze niet zou vertellen dat ze dood zouden moeten zijn! Ik werd echt heel boos op hem en wilde opstaan en vertrekken, maar mijn benen wilden niet meewerken. Het was zelfs zo dat ik mijn hele lichaam niet kon bewegen. Ik was verstijfd. Ik kon niets zeggen en was gedwongen om naar deze misvatting te luisteren.

'Gewoonlijk werkt het lot samen met de vrije keuze, maar zo nu en dan kan het ene ingehaald worden door het andere, zoals in jouw geval. Waarschijnlijk doordat je intuïtie goed is ontwikkeld, was je in staat om te voelen dat het geen goed idee was om in die auto te stappen.' Hans ging door en zijn woorden werden duidelijker. 'Maar het universum is een precies afgestelde machine die bestaat uit biljoenen levende dingen die allemaal zijn voorbestemd om een bepaalde weg af te leggen. Die wegen kunnen elkaar kruisen maar er vinden geen botsingen plaats. Als iemand sterft, is het vanouds zo dat die weg vrijkomt voor een ander levend wezen.'

Ik begon me opnieuw draaierig te voelen en ik wist niet zeker of ik hem nog wel kon volgen. Hij keek me recht aan en praatte door: 'In jouw geval gaat het universum ervan uit dat je dood bent en de wegen waar je op loopt botsen met de wegen van de bestemmingen van andere zielen. Het is alsof er een oude ventweg nog steeds wordt gebruikt terwijl er een nieuwe snelweg dwars doorheen is neergelegd. Het is zeer waarschijnlijk dat er botsingen zullen plaatsvinden omdat het helemaal niet de bedoeling is dat de ventweg nog steeds wordt gebruikt.'

Ik begon het te begrijpen.

'Daardoor voel jij je zo eenzaam en gaat alles zo moeilijk na de dood van Cheryl.'

Ik begon me af te vragen of al de dingen die de laatste tijd mis waren gegaan iets te maken hadden met datgene waar hij over praatte. Voordat Cheryl stierf kon ik altijd een parkeerplaats vinden vlak voor de winkel waar ik naartoe moest, ik hoefde nooit langer dan een paar minuten te wachten in een rij en ik had fantastische vrienden die alles voor me wilden doen. En het was waar dat na Cheryls dood alles veel moeilijker werd. Ik kon nooit een parkeerplaats vinden, ik moest constant wachten in een lange rij voor de simpelste dingen en mijn vrienden raakte ik bijna allemaal kwijt.

Hoe meer ik erover nadacht, hoe meer voorbeelden ik op kon noemen, zoals het feit dat ik de laatste tijd letterlijk tegen anderen opbotste als ik op de stoep liep. Na de dood van Cheryl was het alsof andere mensen niet konden zien dat ik bestond. Zelfs de mensen met wie ik elke dag samenwerkte, vonden het moeilijk om mijn naam te onthouden.

Hans legde uit. 'Dat is ook de reden waarom je Cheryl zo vastberaden hebt vastgehouden, omdat het de bedoeling was dat jij haar in de dood zou volgen. Maar je bent niet dood en je moet gereïntegreerd worden met de levenden. En zij moet toestemming krijgen om verder te kunnen gaan.'

Mijn hoofd bleef maar tollen. Ik had net gehoord dat ik eigenlijk dood had moeten zijn en ik zorgde ervoor dat mijn verloofde niet naar de andere kant kon gaan omdat ik me aan haar had vastgeklampt na haar dood. Hoewel ik dacht dat Hans best wel eens gelijk zou kunnen hebben, was het verontrustend, en ik was nog nooit zo in de war geweest.

Hij draaide zijn rug naar me toe en keek opnieuw de kring rond. 'Cheryl, zeg tegen Scott : "Het was gewoon mijn tijd om te gaan. Ik zal je opnieuw zien maar dat zal wel een tijd duren." '

'Het was gewoon mijn tijd om te gaan. Ik zal je opnieuw zien maar dat zal wel een tijd duren,' zei Cheryl tegen mijn vertegenwoordiger.

'Ik hou van je, maar je moet me laten gaan,' vervolgde Hans.

Cheryl herhaalde: 'Ik hou van je, maar je moet me laten gaan.'

Ik hapte naar lucht, de tranen verstikten mijn keel. Het

was moeilijk om adem te halen en de lichten gingen uit toen de ziel van Cheryl eindelijk bij me weg ging. Mijn verdriet veranderde in opluchting en voor het eerst sinds haar dood had ik er vrede mee dat ze was gestorven.

'Omdat jij je niet meer op je natuurlijke weg bevindt, kun je niet meer gebruikmaken van de kracht en ondersteuning van je voorouders,' zei Hans tegen mijn vertegenwoordiger. 'Je voorouders zijn bereid om je te helpen bij het integreren van een nieuwe weg naast die van hen zodat je je niet langer eenzaam zult voelen.' Hij legde zijn handen op de schouders van de vader van mijn moeder en zette hem links naast mijn vertegenwoordiger. Daarna bracht hij de vader van mijn vader naar rechts. Mijn overgrootvader ging links van de vader van mijn moeder staan en de Cherokee-stam ging naar de andere kant.

Toen ik zag hoe mijn familie me omringde, leverde dat een heel krachtig gevoel op. Voor het eerst in jaren voelde ik dat mensen me liefhadden en dat ze me ondersteunden. Met mijn voorouders naast me als vleugels, kon ik me voorstellen dat ik met hun hulp overal naartoe kon vliegen.

Hans bleef ongewoon stil, en iedereen in de kring zag er bijna net zo uitgeput uit als ik me voelde. Gezichten met uitgelopen mascara, en de grond was bezaaid met in elkaar gefrommelde tissues.

'Goed,' zei Hans uiteindelijk na een lange stilte. 'Iedereen in het veld kan weer gaan zitten.' De vertegenwoordigers binnen in de kring liepen terug naar hun stoelen en langzamerhand werden ze weer een groep mensen die ik niet kende. Terwijl ze op hun stoelen gingen zitten, keken bezorgde ogen naar mij alsof ze geluidloos wilden vragen hoe het met me ging.

Hans keek om zich heen terwijl hij tegen de hele groep praatte. 'Allemaal, sluit je ogen en adem opnieuw in naar je hart toe en adem alle energie van het veld uit die nog in je zit. Het is belangrijk dat je de energie die nog in je lichaam zit loslaat voordat je deze kamer verlaat.'

Ik deed wat hij zei en begon me veel lichter te voelen en veel meer geaard dan in het voorafgaande uur. Het was eindelijk voorbij en ik voelde me enorm opgelucht.

'Wat hier vandaag is gebeurd in deze constellatie heeft gezorgd voor een heilig verbond tussen iedereen die hier aanwezig is,' ging Hans door, 'en het is belangrijk dat er niet over wordt gesproken buiten deze kamer. Eigenlijk is het beste voor iedereen' – en hij keek me recht aan – 'ook voor jou, Scott, als je probeert te vergeten wat er gebeurd is. Je moet toestaan dat de energie door jou werkt zonder dat je hoofd in de weg zit. Ik weet dat het moeilijk is, maar we hebben vandaag heel veel energie verplaatst en het zal nog vele jaren duren voordat het allemaal weer tot rust komt.'

Ik wist niet zeker wat ik met die informatie zou gaan doen, maar ik voelde me een stuk beter en was dankbaar. Als hij bedoelde dat ik in de loop van de komende jaren geleidelijk zou herstellen, vond ik het prima.

'Oké, we zijn nu klaar,' zei Hans ten slotte. 'We lassen een korte pauze in en geven Scott wat tijd om te wennen aan zijn nieuwe ondersteuningssysteem.'

Martika gaf me een glas water en vroeg of alles goed met me was. Ik was het spoor nog steeds bijster, maar ik voelde me veel beter. Na de dood van Cheryl vond ik dat mijn leven niets meer voorstelde, maar dat was nu veranderd. Ik wist dat ze eindelijk was vertrokken, en voor het eerst in jaren was ik klaar om opnieuw met mijn leven te beginnen.

'Kom maar,' zei Martika. 'Ik rij je naar huis. Ik denk dat je rust nodig hebt.'

7

In de dagen na het terughalen van mijn ziel en de constellatie waren mijn zintuigen uiterst gevoelig en ik had in jaren niet zoveel energie gehad. Het was alsof mijn ziel eindelijk eigen gevoelens had en zeer gevoelig was. Bijna alles herinnerde me eraan dat ik een ziel had en dat die nog steeds kwetsbaar was als je eraan kwam. Als ik een raam opendeed in mijn appartement, een gelukkig mens zag, een vliegende vogel, zelfs de wind, dat alles leek mijn ziel op te porren en te zeggen *Je leeft eindelijk.*

Omdat ik nog zo gevoelig was, bleef ik langer dan een week in mijn appartement om weer bij te komen. Toen ik uiteindelijk besloot om wat frisse lucht te happen, had ik nog maar een klein stukje gelopen toen ik een meisje zag van begin twintig met felroze haar, een kort rokje, en zwart-witgestreepte sokken die van een heuvel naar beneden huppelde.

'Hallo,' begroette ik haar, ik voelde me vriendelijker dan gewoonlijk.

'Hoi, ik ben Om,' zei ze heel vrolijk terwijl ze een kleine kniebuiging maakte.

Ik wist niet zeker of ik haar goed had verstaan. '*M*? Is dat een afkorting ergens van?'

'Nee, Om. O-M. Je weet wel, zoals Ommmmm.' Ze duwde haar duim tegen haar middelvingers en richtte haar hoofd op alsof ze ging mediteren. Ik telde acht oorringetjes in haar ene oor en maar twee in het andere. Ik was bang dat ze om zou vallen als ze niet op zou passen.

‘Ik ben Scott,’ zei ik toen maar. ‘Leuk om je te ontmoeten, Ommmm.’

Ze lachte. ‘Ik ben zo gelukkig! Het is een schitterende dag en ik ga naar kirtan, daar word ik altijd blij van.’

Ik wist niet waar ze het precies over had, maar haar energie was aanstekelijk. Ze straalde energie uit en mijn lichaam ving die op, mijn ziel ontving haar geluk met alle plezier. Het was een ongelooflijke demonstratie van de kracht van goede intenties. Het leek me een goed idee om bij Om in de buurt te blijven omdat ze zoveel positieve energie had.

‘Ga jij ook naar kirtan?’ vroeg ze.

‘Ik weet niet wat het is.’

‘Oh, nou dan *moet* je echt komen en mijn vriend Garuda ontmoeten. Kirtan is de allermooiste ervaring van de wereld. Je zult een diepgaand gevoel van innerlijke vrede en verbondenheid met het universum ervaren terwijl je samen met je medezielen van deze aarde zingt. Vandaag is het in het park en er komt een schitterende fluitspeler uit Nepal. Ik heb hem gisteravond op een feestje ontmoet, en hij heeft de meest zuivere ziel die je ooit zult ontmoeten. Hij kan zichzelf en anderen genezen door gewoon op zijn fluit van bamboe te spelen. Het is zo magisch.’

Ik had geen plannen voor die dag en hoewel ik datgene waar ze over praatte niet kende, kon ik haar opwinding voelen. Ik had ook al een tijdje geen livemuziek meer gehoord en een concert in het park leek me een heel goed plan.

‘Laten we gaan,’ zei ik en we liepen langs de heuvel naar beneden.

We liepen op de stoep naast het park en nadat we twee houten bruggen over de beek waren gepasseerd zagen we aan de overkant de Japanse tuin opdoemen. We staken de weg over en liepen door de smalle tuin die vol stond met bamboe, mini-eikenboompjes met rode bladeren en een waterstroompje dat heuvelafwaarts kronkelde door de rotspartijen.

Toen kwamen we bij een uitgestrekt glooiend grasveld, aan de rand stonden drie gigantische sequoia's. De bomen waren enorm, ze waren koninklijk en het leek erop dat ze erg blij waren dat een hele massa mensen hun dekens neerlegden bij de voet van hun stammen. Ik had nog nooit eerder zoveel mensen in het park gezien en het viel me op hoe stil en vreedzaam ze waren. Verscheidene mensen waren gekleed in kleurige, wapperende stoffen en een paar droegen alleen maar witte gewaden en tulbanden.

We vonden de vriend van Om, Garuda, binnen een paar minuten in de mensenmassa en hij leek werkelijk blij om me te ontmoeten. Zijn hoofd was kaalgeschoren en hij droeg een lang wit gewaad en een streng grote gerimpelde zaden rond zijn hals. Om stelde me voor, ze praatte erg zacht, en nadat we fluisterend wat woorden hadden uitgewisseld, gingen we op een grote witte deken zitten. Ze praatten beiden heel zacht en hoewel ik niet alles kon horen wat ze zeiden, voelde ik hoe hun energie me verwelkomde als een nieuwe vriend. Het voelde alsof ik erbij hoorde en dat had ik nog nooit eerder gevoeld bij mensen die ik net had ontmoet. Ik genoot van het onvoorwaardelijke gemeenschapsgevoel.

Garuda had een plek in het midden van het veld bezet gehouden en we konden het podium heel goed zien. Dat was bedekt met een rechthoekig handgeweven stuk stof met een goudkleurige rand, her en der stonden ongewoon uitziende instrumenten tussen fluwelen kussens.

De ondergaande zon schitterde in de instrumenten terwijl de musici uit het publiek naar voren kwamen en hun plaatsen innamen.

Het eerste geluid kwam van een smal instrument dat op een cello leek en dat klonk als een gonzende sitar, het geluid zweefde door de lucht in een lang elegant lint. Garuda fluisterde de namen van de exotische instrumenten in mijn oor en zei dat het eerste instrument een tampura was uit India. Na een paar minuten begon een man die er oud uitzag te spelen op het instrument dat op een accordeon leek, het werd een harmonium genoemd. Daarna kwam de kleine zilveren tabla, twee trommels die ervoor zorgden dat het publiek in de maat ging meebewegen. En ten slotte pakte een Aziatische jongen een eenvoudige bamboefluit op en begon de mooiste muziek te maken die ik ooit had gehoord. De noten vloeiden uit zijn holle instrument en zweefden over het publiek rechtstreeks mijn hart binnen. Ik voelde rillingen bij elke lang uitgerekte noot die in en rond een toonladder danste die tegelijkertijd ongewoon en bekend was.

Ik had nog nooit eerder zulke muziek gehoord, maar diep binnen in me kwam iets los wat altijd in me had gezeten. Zijn fluit vertelde een verhaal over liefde en toewijding en tranen van pure blijdschap begonnen over mijn gezicht te stromen. Ik had nog nooit eerder van blijdschap gehuild, maar het voelde zo goed dat ik concludeerde dat ik op deze manier mijn tranen het beste gebruikte.

De andere musici volgden de fluitspeler totdat een exotisch uitziende vrouw in een wit gewaad en met een tulband op vanuit het publiek elegant het podium op liep en haar plaats innam in het midden ervan. Ze begon te zingen in een vreemde taal die ik niet herkende en intuïtief herhaalde het hele publiek het couplet, het was alsof er één enkele prachtige en krachtige stem zong. De eerste keer dat het gebeurde ontstond er een golf van energie die tussen de mensen in het publiek wervelde voordat deze oploste in de lucht boven hen. Ze herhaalde het couplet en het publiek volgde opnieuw, dit keer zelfs nog krachtiger dan de eerste keer.

In eerste instantie aarzelde ik om mijn stem aan het collectief toe te voegen maar toen ik goed luisterde en merkte dat velen technisch gesproken niet zuiver zongen, kwam ik erachter dat de stemmen zich allemaal met elkaar vermengden in een schitterend weefsel dat gelijkenis vertoonde met de natuur zelf. Nadat ik het lied een paar keer had gehoord, begon ik de woorden eerst hardop mee te zeggen en vervolgens zong ik hardop mee met alle anderen.

'Govinda Jaya Jaya, Gopala Jaya Jaya'
Govinda Jaya Jaya, Gopala Jaya Jaya
'Radha Ramana Hari, Govinda Jaya Jaya'
Radha Ramana Hari, Govinda Jaya Jaya
'Govinda Jaya Jaya, Gopala Jaya Jaya'
Govinda Jaya Jaya, Gopala Jaya Jaya
'Radha Ramana Hari, Govinda Jaya Jaya'
Radha Ramana Hari, Govinda Jaya Jaya

De simpele tekst werd met heel weinig variatie bijna een halfuur lang herhaald voordat het eerste lied klaar was. En toen het voorbij was, werd het stil en liet het publiek de stilte over zich heen spoelen totdat de musici hun melodieuze draden weer gingen weven. In het midden van het tweede lied stond ik op, sloot mijn ogen en zong vanuit het diepste van mijn ziel, en met elk couplet voelde ik me geleidelijk steeds meer verbonden met iedereen in het park. De omtrekken van onze lichamen begonnen te vervagen en we werden één bewegende, ademende energiemassa. Het voelde alsof ik letterlijk met elk couplet tijd en ruimte verder ontsteeg en na een aantal liedjes voelden mijn voeten het gras niet meer. Mijn ogen vertelden me dat de zwaartekracht nog steeds werkte, maar mijn andere zintuigen waren daar niet van overtuigd.

De kirtan duurde bijna vier uur en toen het was afgelopen was ik helemaal verdoofd en kon ik bijna niet naar huis lopen met Om en Garuda. Nadat we een paar straten door waren gelopen zonder iets te zeggen, keek Om omhoog naar de lucht terwijl ze haar armen om zich heen sloeg en zei: 'Ik ben zo high.'

Ik keek ook naar de lucht en hoewel ik wel sterren zag, was de maan donker.

'Dat komt vast door de nieuwe maan,' zei ik.

'Een tijd voor wedergeboorte,' zei Om terwijl we mijn straat in liepen.

'Dat is zeker zo.' Ik glimlachte naar hun beiden en gleed de stoep op naar mijn appartement. 'Bedankt.'

'Namaste,' zeiden ze in koor terwijl ze elk hun handpalmen tegen elkaar drukten alsof ze gingen bidden en ze hun hoofd bogen.

Die nacht had ik voor het eerst een droom die steeds weer terug zou komen. Na de constellatie had ik niet meer over het ongeluk van Cheryl gedroomd en kon ik voor het eerst in jaren weer rustig slapen. De nieuwe droom was niet zo beangstigend maar net zo intens.

In de droom was ik in een klein stadspark in Yreka waar

Cheryl en ik heel wat tijd hadden doorgebracht. Voor ons was het een heel bijzondere plek, we liepen er vaak door in de schemering in het midden van de zomer toen we voor het eerst met elkaar uitgingen. In mijn droom schommelde ik op een bepaalde schommel, de laatste van een aantal schommels naast elkaar. Ik had het gevoel dat ik op iemand of iets wachtte, en nadat ik korte tijd had geschommeld voelde ik vlak achter me iets wat op een energiepoort leek. Ik kwam er nooit zo dichtbij dat ik het kon aanraken, maar de poort groeide totdat deze groter was dan de schommels.

Eerst dacht ik dat het een symbolische droom was waardoor ik in staat zou zijn om eindelijk de dood van Cheryl te verwerken, maar de droom werd elke nacht krachtiger en het gevoel dat ik tijdens de droom had begon door te dringen in de tijd dat ik wakker was. Nadat ik de droom een aantal dagen lang elke nacht had gehad, begon het aan me te vreten en ik kon nauwelijks meer onderscheiden of ik nu wakker was of sliep. De poort achter de schommel werd een obsessie en ik had het gevoel dat Yreka de sleutel was tot een andere dimensie van mijn spirituele ontwaken.

Na bijna twee weken vanaf het moment dat ik de droom voor het eerst had, werd het me duidelijk dat de poort alleen de volgende vrijdag in het park zou zijn. Er was geen logische verklaring voor, het was alsof tijd en ruimte elkaar op een bepaald moment zouden kruisen waardoor een 'eclips' naar een andere dimensie zou worden geopend en het leek erop dat ik de enige was die dit wist. Ik werd erdoor aangetrokken en ik was er bang voor, maar ik had het gevoel dat ik geen keuze had. Ik moest erachter zien te komen wat het was. Ik wist dat mijn spirituele reis nog maar net was begonnen, maar op de een of andere manier had ik het gevoel dat de poort me spiritueel naar een ander niveau zou transporteren en dat het mijn reis zou versnellen.

Ik had Robert niet meer gezien nadat mijn ziel was teruggehaald en het leek me een goed idee om hem op te zoeken terwijl ik overwoog om mijn droom te volgen en naar Yreka te gaan. Ik was boos op hem geweest omdat hij me in de steek had gelaten maar dat gevoel was verdwenen, ik aanvaardde dat hij een vrije ziel was die in mijn leven opdook maar ook weer verdween op de juiste momenten. Ik had het gevoel dat deze dag het juiste moment was om hem opnieuw op te zoeken, en ik was er behoorlijk zeker van dat ik precies wist waar hij zou zijn.

Ik liep naar de supermarkt en zag hem daar zitten met gekruiste benen tegen zijn favoriete boom, pup Don aan zijn voeten. Dit keer had hij een kleiner kartonnen bordje dan normaal op zijn schoot:

Luister naar je hart

'Hé, Robert!'

'Wauw, jij ziet er heel anders uit,' zei Robert terwijl hij me van top tot teen bekeek. 'Hoe is het me je dromen?'

'Grappig dat je dat vraag, daarom ben ik hier.' Zijn intuïtie was écht opmerkelijk.

'Dat dacht ik al. Wat vertellen je dromen je?'

'Ze zeggen dat ik naar Yreka moet gaan en moet gaan schommelen op een schommel.' Ik probeerde net te doen alsof het niet zoveel voorstelde.

'En wat is er *bij* de schommel?'

'Het lijkt op een poort naar een andere dimensie.' Ik

had het nog niet eerder hardop gezegd en het klonk nogal belachelijk. 'Is dat mogelijk?'

'Natuurlijk is dat mogelijk.'

'Waarom denk je dat ik dat droom?'

'Als mensen dromen is een gedeelte van hun ziel vrij om het lichaam te verlaten en kan deze zich vermengen met het collectieve onderbewustzijn. Soms is het alleen maar leuk, zoals dromen waarin je vliegt. Andere keren is het om oeroude wijsheid of kracht terug te halen. Nu je geleid wordt door je voorouders helpen ze je om sterker te worden.'

'Je denkt dus dat ik ernaartoe moet gaan?'

'Wat denk je zelf?'

'Ik denk het wel.'

'Werd er in de droom een tijdstip genoemd?'

'Ja, komende vrijdag.'

'Hmm, dat lijkt me echt serieus. Waarschijnlijk is het voor jou een soort "vision quest".'

'Wat is een "vision quest"?'

'Bij de indianen in Amerika hoorde het bij het volwassen worden, adolescenten werden de wildernis in gestuurd waar ze obstakels moesten overwinnen en een glimp van hun toekomst te zien kregen. En het lijkt erop dat Yreka jouw "wildernis" zou kunnen zijn. Ben je er bang voor?'

'Een klein beetje.'

'Goed, dat moet ook. Als je ervoor kiest om het te gaan doen, moet je met een open hart en hoofd gaan en je moet van tevoren niet nadenken over datgene wat je zult ontdekken. Een vision quest kan een van de meest krachtige ervaringen zijn tijdens een spirituele reis, het heeft geen zin om aan de zoektocht te beginnen als je er niet helemaal bij bent.'

'Oké.'

'Het lijkt alsof je hart nu veel meer open is dan eerder. Toen we elkaar voor het eerst ontmoetten zat je helemaal dicht als een oester en er kon niets naar binnen komen. Begrijp je dat?'

Ik voelde me inderdaad veel meer open dan voorheen, en ik wilde me nooit meer afsluiten voor de wereld. 'Ik denk het wel,' zei ik uiteindelijk hardop.

'Ik denk dat je ernaartoe moet gaan,' zei hij na een lange pauze. 'Hoe ga je ernaartoe? Je auto doet het toch niet meer?'

Ik was zo vol geweest van mijn droom dat ik de praktische kant volledig was vergeten. 'Oh ja. Een auto.'

'Volgens mij heeft Martika een extra auto die zo nu en dan wordt gebruikt door mensen van de constellatiegroep. Je kunt vragen of je die kunt lenen.'

'Dat is een goed idee.'

'Veel geluk, Scott. Ik hoop dat je vindt wat je zoekt. Je bevindt je op een heel speciale plaats in je reis.'

'Dank je Robert. Ik zal je je laten weten wat ik heb gevonden.'

'Daar reken ik op.'

8

Vrijdagochtend vroeg vertrok ik uit Ashland en opgewonden overwon ik de Siskiyou in de extra auto van Martika die de beklimming gelukkig met heel wat meer elegantie uitvoerde dan mijn oude Volvo. Terwijl ik de grens van Californië naderde, werden de optimistische tinten van de naaldbomen vervangen door de gedempte kleuren van de dood en het sterven, alsof moeder natuur een denkbeeldige lijn trok om het groen en het goud gescheiden te houden.

Toen ik de grens overstak, voelde het alsof mijn ziel, *mijn levenskracht*, uit de achterkant van mijn nek begon weg te sijpelen, alsof het vastzat aan een touwtje dat vastzat aan de Oregon-zijde. Hoe langer ik door bleef rijden, weg van die denkbeeldige lijn, hoe leger ik me vanbinnen voelde, totdat al mijn zintuigen hun scherpte hadden verloren. Alles rook en smaakte stoffig. Zelfs de slokjes water uit de fles bronwater die ik voor de autorit had gekocht smaakten stoffig. De toppen van mijn vingers werden gevoelloos en plotseling voelde het alsof ik gebreide wanten droeg. Het geluid van de autobanden op de weg klonk in de verte, alsof ik watten in mijn oren had. En bijna alle felle tinten buiten de auto waren verbleekt, alles dat ik kon zien had een roodbruine kleur, alsof ik naar een ouderwetse foto zat te kijken.

Gelukkig wisten mijn spieren nog wel wat ze moesten doen, en ik begon op de automatische piloot te rijden zodat mijn hersens en handen niet meer met elkaar hoefden te communiceren. Eerst raakte ik in paniek maar ik begon diep te ademen en ik merkte zelfs dat ik mijn ogen dichtdeed. Ik was nog wel zo helder dat ik besefte dat ik mijn ogen open moest houden, zelfs als ik op de automatische piloot reed, maar het kostte me ongelooflijk veel wilskracht om dat voor elkaar te krijgen. Op een bepaald moment merkte ik dat ik in slaap was gesukkeld en ik schrok weer wakker, het eerste wat ik zag toen ik mijn ogen weer had geopend was de majestueuze Mount Shasta. Die leek te gloeien met een helderwitte halo eromheen, die sterk contrasteerde met de gedempte tinten eromheen. Ik had altijd een band gevoeld met Mount Shasta toen ik opgroeide, en hoewel ik niet van plan was om de top die dag te beklimmen besloot ik om zo snel mogelijk weer een bezoek aan de berg te brengen.

Hoe dichter ik bij Yreka kwam, hoe meer ik begon te wennen aan mijn verdoofde zintuigen. Ik schrok nog een keer heel erg toen ik op de steile bergpas recht op de vangrail leek af te gaan, maar afgezien daarvan ging het de rest van de autorit beter.

Toen ik aankwam in Yreka, was ik verrast dat het er zo leeg uitzag. Het was altijd al een klein stadje geweest, maar nu leek het bijna verlaten. Er waren geen auto's op straat, geen vogels in de lucht en geen voetgangers op de stoep. Misschien hielden mijn verdoofde zintuigen me wel voor de gek, maar het voelde alsof zelfs de wind had besloten om het oude mijnstadje te verlaten en de stilte van de lucht had achtergelaten om alles wat er was overgebleven op te sluiten.

Nadat ik mijn auto had geparkeerd op de parkeerplaats van een minisupermarkt liep ik terug naar het cementen eiland dat me was opgevallen nadat ik de autosnelweg had verlaten. Ik dacht dat ik vanuit mijn ooghoeken een paar mensen had gezien die ik herkende toen ik voorbij het bronzen beeld van de mijnbouwwerker en muilezel reed onder het Yreka-plaatsnaambord met de blauwe en witte tegels. Ik wist dat het onmogelijk was omdat ik zeker wist dat iedereen uit mijn verleden al jaren geleden was vertrokken uit het stadje, toch was ik een beetje opgewonden en liep ik terug naar het beeld om erachter te komen of ik echt iets had gezien of dat ik het me had verbeeld.

Toen ik het beeld van achteren naderde, vond ik het spannend en ik werd een beetje nerveus toen ik zag dat de mensen die ik had gezien er nog steeds stonden. Naast de mijnwerker stond een jongen met bruin haar met een slordig bloempotkapsel en zijn kalende vader die een ruige blonde baard had. Hoe dichterbij ik kwam, hoe meer ik van hun gesprek kon horen, en ik kreeg het koud toen ik hun stemmen herkende.

'Veel mensen kwamen naar Siskiyou county tijdens de goudkoorts om hun fortuin te maken,' legde de vader uit. *'Maar er waren er maar een paar die slaagden, de meesten vertrokken weer zonder geld.'*

'Pap, zullen we hier goud vinden?'

'Waarschijnlijk niet. Maar als we hard genoeg werken, kunnen wij degenen zijn die de werktuigen van de mijnwerkers repareren als ze kapotgaan.'

Ik herinnerde me het gesprek woord voor woord toen ons gezin in Yreka aankwam nadat we uit het zuiden van Californië waren verhuisd. De afstand tussen Yreka en Greenview, waar we uiteindelijk gingen wonen, was ongeveer 32 kilometer maar het was dat bronzen beeld geweest dat ons optimisme weerspiegelde toen we hier voor het eerst aankwamen. De mogelijkheden hadden eindeloos geleken en we waren allemaal opgewonden omdat we nu genoeg land hadden waar we dieren konden houden en waar we ons eigen voedsel konden verbouwen. Mijn goedbedoelende vader was opgegroeid in het hart van Iowa en hoewel mijn moeder op en top een meisje uit het zuiden van Californië was, had hij haar ervan overtuigd dat het veel beter was om kinderen op te voeden op het platteland, en in het begin geloofde ik hem wat dat betreft ook wel.

Toen ik om het beeld heen liep naar de voorkant, waren de man en het kind er niet meer, en ik viel meteen op mijn knieën en begon te huilen. Ik had geen contact meer met mijn familie en hoewel we elkaar nog weleens belden voor verjaardagen en op feestdagen, gaven mijn tranen het gebrek aan verbondenheid weer dat ik voelde. Het bronzen beeld was nog precies hetzelfde, maar ik was niet langer het onschuldige kleine jongetje en mijn vader was niet meer de idealistische monteur die heel graag de mijnbouwapparaten wilde repareren. Door de jaren heen was ons optimisme afgesleten en was pessimisme eronder tevoorschijn gekomen, in zijn geval op het financiële en in mijn geval op het sociale vlak. Toen we uiteindelijk het idee hadden dat we waren verslagen door Siskiyou county trokken we ons beiden terug in onze geboorteplaatsen. Mijn vader nam mijn moeder en zus mee naar Iowa zodat hij weer dicht bij zijn familie was en ik liet Cheryls graf achter me toen ik op weg ging naar het zuiden van Californië. Ik dacht dat ik daar een nieuw gezin zou kunnen vinden dat meer op mij zou lijken.

Na ongeveer tien minuten aan de voet van het bronzen beeld veegde ik mijn tranen weg, sloeg het stof van mijn kleren en begon naar Miner Street te lopen. Ik was naar

Yreka gekomen om naar het park te gaan, maar ik wist niet zeker of ik er al klaar voor was. Ik voelde me kwetsbaar en nostalgisch tegelijk en besloot herinneringen op te halen door een paar winkels in het centrum van het stadje te bezoeken voordat ik naar het park zou gaan.

In Miner Street hadden de gebouwen nog steeds dezelfde ouderwetse gevels uit de 19de eeuw, maar door jaren van verwaarlozing leek het stadje meer op een vervallen spookstadje dan op een aantrekkelijk eerbetoon aan betere tijden. Een paar winkels van vroeger bestonden nog steeds en met bijna elke stap die ik maakte, kwam er een herinnering naar boven. Toen ik voor de deur stond van de jacht- en viswinkel aan het einde van de straat waren de herinneringen niet meer te stuiten.

Ik keek omhoog en herkende het houten uithangbord in de vorm van een groene vis boven de ingang. Ik deed voorzichtig de glazen deur open en herkende alle beelden en geuren uit mijn jeugd. In mijn gedachten keerde ik terug naar mijn dertiende verjaardag. Mijn vader had me die dag meegenomen naar deze winkel en ik herinnerde me de kenmerkende lucht van kruit vermengd met de stank van rottende kaas en zalmeitjes. De schappen lagen nog steeds vol met geweren, hengels, munitie, en alles wat nodig was om snel en gewelddadig onze vrienden uit de natuur te vernietigen.

Toen de deur achter me dichtviel, zag ik drie generaties oudgedienden. Ze zaten op barkrukken die met groen vinyl waren bedekt en dronken hete zwarte koffie terwijl ze met de eigenaar van de winkel kletsten. Allemaal droegen ze op elkaar lijkende cowboyoverhemden met parelmoeren knoopjes en baseballcaps met vetvlekken en met tractorlogo's erop gestikt. Hun knarsende door het stof versleten stemmen vermengden zich met de pijnlijke herinnering van mijn dertiende verjaardag.

'Ik ga voor mijn kleinzoon deze 06 kopen voor de kerst.'

'*Vandaag zal ik je het geweer laten zien dat je krijgt als je goede cijfers blijft halen.*'

'Dat is een behoorlijk groot geweer voor iemand van dertien. Straks schiet hij zichzelf in zijn eigen voet.' Er werd luid gelachen in de winkel waardoor een hoestbui van een van de oudsten bijna helemaal niet opviel.

'*Dit is hetzelfde geweer dat ik van mijn vader kreeg toen ik net zo oud was als jij nu bent, en als je niet zo achterliep op school, zou dat geweer nu al van jou zijn. Zo'n geweer zal een man van je maken.*'

'Ja, maar met zijn .22 is hij een dondersgoeie scherpschutter. Hij raakt bierblikjes op 300 meter zonder een vizier.'

'Ik wou dat ik zijn ogen had, dan had ik dat hert, die zesender, een paar jaar geleden wel geschoten.'

'Jij en die zesender. Volgens mij geloof ik niet eens meer dat je die ooit hebt gezien.'

De andere twee brulden van het lachen en deze keer duurde de hoestbui wel dertig seconden.

'*Het zou schandalig zijn als je slappe gedrag op school ervoor zou zorgen dat je geen man kunt worden. Hoor je me?*'

Ik weet niet waar mijn vader het idee vandaan had gehaald dat ik het eens was met zijn theorie dat je onschuldige dieren moest doden om een man te worden, maar stiekem was ik er trots op dat ik hielp om de wilde dieren te redden door slechtere cijfers te halen. Eigenlijk was het zo dat ik de lesstof in de nieuwe school stomvervelend vond omdat ze bijna twee jaar achterliepen bij datgene wat ik al had geleerd voordat we verhuisden. En tegen de tijd dat ik op mijn nieuwe school wel nieuwe dingen kon leren, voelde ik me zo hoogverheven boven alle anderen, inclusief de meeste leraren, dat ik nooit de moeite nam om huiswerk te maken. Op mijn zestiende verliet ik uiteindelijk de school zonder diploma.

Hoog tegen de muur van de winkel hingen twee hertenkoppen, bevroren in de tijd terwijl hun met bloed bedekte geweien in elkaar grepen. De lange tongen van beide hingen naar buiten en de vier ogen waren in hun kassen teruggedraaid in hun doodsstrijd, het was duidelijk dat ze niet vredig waren gestorven. De hertenkoppen brachten me meteen terug naar de eerste keer dat mijn vader en ik waren gaan jagen, een paar maanden na mijn dertiende verjaardag. Ik had nog geen schoolrapport gehad en daarom leende hij me een van zijn eigen geweren, dat veel te groot voor me was.

'We zeggen tegen je moeder dat je deze zelf hebt geschoten. Ik ben trots op je, zoon.' In werkelijkheid had ik de rechterachterpoot van het hert geschampt met mijn onvaste schot, en mijn vader had het beest gedood met twee schoten voordat het de kans kreeg om het bos weer in te strompelen. Toen ik me over het hert boog was ik sprakeloos en ik vroeg me af hoe het kwam dat ik betrokken was bij het weghalen van zo'n schitterend wezen bij zijn gezin.

Mijn vader drukte een groot jagersmes in mijn kleine handen, en terwijl hij met zijn hand mijn vingers omsloot, plaatste hij het lemmet aan de onderkant van de lange gladde hals van het hert.

'Kom op, jongen, je moet het snel doen. Als je hem niet in de eerste paar minuten laat uitbloeden, verpest je het vlees.'

Ik probeerde met al mijn kracht het mes weg te trekken van het hert, maar mijn vader kneep zo hard in mijn vingers dat het wel leek alsof hij ze zou vermorzelen. Toen duwde hij het mes krachtig in het vlees van het onschuldige dier en helderrode vloeistof begon te schuimen en te stromen...

Ik werd misselijk en viel bijna flauw in de jacht- en viswinkel. Ik werd duizelig en voelde hoe mijn gezicht bleek wegtrok. Ik strompelde naar de deur en duwde die open terwijl ik naar lucht hapte.

'Volgens mij heeft hij net Bambi en zijn kleine broertje gezien,' hoorde ik de winkeleigenaar lachend zeggen terwijl de deur met een gedempte klap achter me dichtsloeg.

Toen ik buiten was, struikelde ik op de stoep en schaafde mijn rechterknie door mijn verwassen spijkerbroek heen. Ik dacht dat het beter was om maar op de stoep te blijven zitten totdat ik me weer wat beter voelde. Doordat ik was teruggegaan naar Yreka kwamen er herinneringen naar boven die ik diep had weggestopt, ik wist niet eens dat ik ze nog had. Ik werd nerveus over de terugkeer naar het park omdat ik niet zeker wist of ik het wel aankon wat er nu zou volgen. Ik overwoog om met de auto naar Ashland terug te rijden zonder een bezoek te brengen aan het park, maar ik wist dat als ik het nu niet zou doen, ik het nooit meer zou doen. En als mijn gevoel klopte dat de poort alleen op deze dag toegankelijk was, dan zou ik voor altijd spijt voelen dat ik er niet achter was gekomen waar de poort voor diende.

Na ongeveer tien minuten, toen ik genoeg was bijgekomen van de ervaring in de winkel, ging ik op weg naar het park dat boven op een heuvel lag. Het was niet zo ver weg, en ik kreeg een raar gevoel in mijn buik toen ik de zwartgeworden granieten boog zag bij de ingang. Ik had veel uren met Cheryl doorgebracht in dit park, maar in al die jaren had ik nooit echt gekeken naar de met de hand uitgehakte letters die de imposante poort sierden. Onder de naam van het park was het woord SISKIYOU uitgehakt, in grote spookachtige letters die leken te zweven. Het leek een vreemde keuze om de naam van de county waar Yreka in lag een prominente plaats te geven, maar de letters zelf waren nog veel onheilspellender, het leek alsof ze elke beweging van mij weerspiegelden.

Het park was verdeeld in drie gedeeltes. Het deel dat het dichtst bij de poort lag was een wandelgebied waar meerdere grote indrukwekkende bomen stonden met daartussen hier en daar een bankje, zodat bezoekers daar in de schaduw konden zitten. Daartegenover lag een baseballveld dat groot genoeg was voor de wedstrijden van de junior baseballteams, en links daarvan lag de speeltuin met daarin de schommel die ik in mijn dromen had gezien.

Ik moest ernaartoe, ik kon er niets aan doen, en binnen een paar seconden stond ik bij de schommel die naast de poort van mijn droom lag. Maar de schommel en die daarnaast waren al bezet door twee jonge meisjes met rood haar die geduwd werden door een man van middelbare leeftijd met kort rood haar en een paars overhemd met dunne groene streepjes. De meisjes droegen gele zomerjurken met bloemetjes, en de jongste had twee dezelfde vleeskleurige pleisters op haar knieën

Het was duidelijk dat de vader nerveus van me werd, blijkbaar hingen er niet zoveel volwassen mannen rond bij de schommels in Yreka. Ik probeerde op de schommel te gaan zitten die naast die van de meisjes hing, maar het was duidelijk dat deze was ontworpen voor kinderen die half zo groot waren als ik. Ik paste maar net op het zitje en mijn knieën raakten bijna de grond terwijl de kettingen luid piepten onder de last van mijn gewicht. En toen ik begon te schommelen, begon de vader tegen zijn kinderen te fluisteren dat ze maar moesten vertrekken, terwijl hij scheef naar me keek, met zijn groene ogen vol afkeuring. Het was niet mijn bedoeling dat iemand zich ongemakkelijk zou gaan voelen, dus stond ik op van de schommel en ging de schenkingsplaatjes op de banken bekijken terwijl ik wachtte totdat het gezin zou vertrekken.

Om de tijd door te komen, liep ik opnieuw naar ze toe en probeerde om ze op hun gemak te stellen.

'Het is een hele mooie dag,' zei ik tegen de vader.

'Ja hoor.' Hij vond me totaal ongeloofwaardig.

'Ik wacht op mijn nichtje,' zei ik, in de hoop dat mijn leugentje om bestwil wel zou helpen. 'Ze is gek op die schommel.'

'Oh, ik begrijp het.' De man glimlachte, en ik merkte dat hij zich voor het eerst na mijn komst wat ontspande. 'We zijn bijna klaar. Het is de beste schommel in het park, ik begrijp best waarom u erop zit te wachten.'

'Ja, het is de enige schommel die ze leuk vindt. Ze vroeg me of ik hiernaartoe wilde gaan zodat ze zo aan de beurt zou zijn.' Ik lachte terwijl mijn leugentje om bestwil met elke lettergreep complexer werd.

'Wij moeten er nu vandoor. Kom op meisjes, we moeten nu echt weg.' De drie zwaaiden naar me ten afscheid terwijl ze het park uit liepen en langs Miner Street naar de huizen in de heuvels liepen.

Toen het gezin was vertrokken, ging ik onmiddellijk naar de schommel uit mijn dromen toe. Die voelde net als de eerste: hij was te klein en piepte, en was niet bepaald geschikt voor iemand van mijn lengte. Maar wat belangrijker was, er was echt geen poort, en net als in de rest van Yreka leek het erop dat er in het park helemaal geen spirituele energie te vinden was.

Ik was in de war en voelde me gefrustreerd. Ik begon langs de rand van het park te lopen om te kijken of ik de poort kon vinden waarover ik had gedroomd. Ik liep steeds weer terug naar de schommels en legde mijn handen op elke boom die er dichtbij stond om te kijken of ik iets kon voelen. Er was ook een rij schommels die haaks stond op de rij schommels die ik in mijn droom had gezien. Omdat ik wanhopig was liep ik ernaartoe en begon te schommelen. Dit waren schommels voor volwassenen met grote rubberen rechthoeken om op te zitten aan roestvrijstalen kettingen die bijna 12 meter boven de grond waren vastgemaakt.

De grotere schommels waren veel geschikter voor mijn gewicht en hoewel ik helemaal niets bovennatuurlijks voelde, genoot ik een paar minuten van het schommelen. Ik dacht er zelfs over om ervan af te springen als de schommel op zijn hoogste punt was, om erachter te komen hoe ver ik door de lucht zou vliegen voordat ik op de grond terechtkwam, maar ik was wijs genoeg om te beslissen dat ik er pas af zou stappen wanneer de schommel tot stilstand was gekomen.

Ik had de moed verloren, ik zat op de grond in het gras en staarde naar de schommels terwijl ik me afvroeg of ik mijn droom misschien verkeerd had begrepen. Misschien was mijn vision quest al wel voorbij en ging het er gewoon over dat ik in het reine moest komen met mijn jeugd. Of misschien was het wel op een andere dag, en was ik te vroeg of had ik mijn kans al gemist.

Ik stond op het punt om de handdoek in de ring te

gooien, maar toen zag ik een schommel die rond een paal was gebonden zodat die niet meer gebruikt kon worden. Ik maakte de schommel voorzichtig los en hij viel op zijn plaats. Toen de schommel weer stil hing, zag ik tot mijn verbazing dat er geen schaduw was. Ik keek naar de andere schommels en die hadden allemaal wel een schaduw, maar bij de schommel voor me was dat niet het geval. Ik wist dat het volgens de natuurwetten onmogelijk was dat één schommel geen schaduw had en daarom overtuigde ik mezelf ervan dat het een soort gezichtsbedrog was en probeerde ik er verder geen aandacht aan te besteden.

Ik ging voorzichtig op de schommel zitten en zette af met mijn benen. Ik voelde bijna onmiddellijk een scherpe stekende pijn in mijn buik. Ik zwaaide mijn benen naar voren en naar achteren, maar met elke beweging werd de pijn in mijn buik heftiger. Ik begon heel erg te zweten, en binnen een paar seconden schoot ik van de schommel af en kwam ik hard op het zand terecht. Door de val werd de adem uit mijn longen geperst en toen ik achter me naar de schommel keek, schrok ik erg omdat de schommel alweer helemaal stil hing, alsof ik er nooit op had gezeten.

Ik werd doodsbang, stond op en probeerde naar de andere kant van het park te rennen, maar mijn benen wilden niet bewegen. Hoe harder ik het probeerde, hoe meer mijn spieren verkrampten, en ik merkte dat ik achteroverviel in slow motion totdat ik met mijn rug op de grond klapte met een kracht die ervoor zorgde dat ik niet snel weer op adem zou komen.

Ik staarde naar de lucht en zag hoe de wolken van onschuldig wit veranderden in dreigend donkergrijs en boven het park begonnen te draaien. Eerst ging het langzaam, daarna steeds sneller totdat er een zichtbare slurf naar het park toe kwam. Ik kon nog steeds niet ademhalen of mijn lichaam bewegen, en mijn angst werd vervangen door echte paniek terwijl de slurf van de tornado naar beneden kwam. In heel korte tijd werd de lucht volkomen donker en voelde ik hoe de tornado contact maakte met mijn buik.

De pijn was ondraaglijk, het voelde alsof mijn organen uit mijn lichaam werden gezogen en in de lucht werden gesmeten. Ik probeerde uit alle macht te schreeuwen, maar er kwam alleen stilte uit mijn mond terwijl ik naar adem hapte, ik moest heftig en pijnlijk kokhalzen maar er kwam niets uit. En precies op dat moment klonk door het hele park het meest verlammende geluid dat ik ooit heb gehoord. Het was het geluid van alle woede die elke brul die ooit heeft bestaan heeft voortgebracht, het geluid van de angst die gezorgd heeft voor elke schreeuw sinds het begin der tijden, en het krijsen van elke baby die ooit is geboren. Het doordringende geluid was absoluut oorverdovend, en terwijl het licht verdween en het bijna helemaal donker werd, kreeg ik het gevoel dat ik boven de grond zweefde.

Door de duisternis kon ik nog net de groteske monden zien die verantwoordelijk waren voor het geschreeuw dat ik hoorde. Hun verwrongen gezichten draaiden rond in de tornado en ze begonnen me te doorboren, de een na de ander, ze doken diep mijn buik binnen. Met elke ziel die bij me binnenkwam, werd de pijn steeds onverdraaglijker, totdat ik mijn ogen sloot en mijn tanden zo hard mogelijk op elkaar klemde.

Binnen een paar seconden werd het gebulder vervangen door het geluid van een enkele schreeuwende baby, en toen ik mijn ogen opende, zag ik dat ik met mijn gezicht naar beneden boven een babybedje zweefde, en de baby schreeuwde tegen mij. De aderen bij zijn slapen waren helemaal opgezet en barstten bijna en ik wist zeker dat mijn aanwezigheid angstaanjagend was voor de zuigeling. Rechts van de wieg zag ik een televisie met op het scherm zwart-witte ruis, en ik wist onmiddellijk dat ik die baby was.

Toen ik nog maar een paar maanden oud was, lieten mijn ouders de televisie aanstaan op mijn kamer en als de zenders de lucht uit waren, verscheen er ruis op het scherm. Als dit gebeurde, zweefde er bijna elke nacht een groot donker wezen boven mijn bedje en gebaarde naar me dat ik mee moest gaan.

Instinctief wist ik dat wat het dan ook was, het geen zuivere bedoelingen had; en ik sloot dan altijd mijn ogen en schreeuwde lang en geluidloos totdat het weer was verdwenen. Ik wilde natuurlijk graag dat iemand mijn hulpgeschreeuw kon horen, maar als het wezen verscheen, raakten mijn stembanden verlamd, en ik was gedwongen om het alleen het hoofd te bieden. Als ik erop terugkijk, weet ik zeker dat het voor mijn jonge ziel kwam. Ik weet niet hoe ik mezelf beschermde toen ik nog zo jong was, maar gelukkig verscheen het niet meer tegen de tijd dat ik begon te praten.

Maar nu was het terug, en opnieuw kwam het me halen, deze keer met veel minder terughoudendheid dan daarvoor.

Mijn buik was ondertussen letterlijk gevuld met honderden zielen, gezamenlijk verbonden ze me met hetzelfde duistere wezen waar ik als baby zo bang voor was geweest en ze maakten me draad voor draad vast aan een grotesk kronkelend gevlochten koord dat ver in de duisternis verdween.

Ik worstelde om mijn kracht terug te krijgen, en toen ik het al bijna had opgegeven, zag ik iets wat ik al veel vaker had gezien. Ik was weer terug bij het ongeluk van Cheryl, maar deze keer stapte de dronken bestuurder uit de auto en begon lachend naar me toe te lopen. Hij ging door met zijn angstaanjagende gelach terwijl hij langs Cheryl, mijn moeder, de politieagent liep en toen rechtstreeks op mij af kwam. Ik had dezelfde droom al honderden keren gehad maar altijd was ik alleen een toeschouwer geweest. Maar dit was geen droom, en de dronken bestuurder zag me daar echt. Ik had nog nooit zijn gezicht gezien, maar toen hij dichterbij kwam, herkende ik hem. Het bloed stolde in mijn aderen. Ik verloor volledig het bewustzijn toen ik zijn gezicht zag.

Ik was het zelf.

9

Ik kan me niet herinneren dat ik naar Ashland terugreed, maar dat moet ik hebben gedaan want het volgende dat ik me wel herinner is dat ik wakker werd op de vloer van mijn appartement. Ik had mijn kleren en mijn schoenen nog aan en het was duidelijk dat ik geprobeerd had om met kussens en dekens een bed voor mezelf te maken op de vloer van de woonkamer. Ik wist echt niet waarom ik de slaapkamer niet had bereikt, maar het was duidelijk dat ik er nogal slecht aan toe was geweest: twee lampen waren omgevallen en de koffietafel stond op zijn kant tegen de muur.

Ik had nog steeds erge buikpijn, voelde me volledig uitgeput en had een kloppende hoofdpijn. Ik begon me langzamerhand te herinneren wat er in Yreka was gebeurd, en toen de angstaanjagende herinneringen terugkwamen, wist ik dat ik echt hulp nodig had. Ik dacht erover om naar het ziekenhuis te gaan, maar ik wist niet hoe ik de dokters uit moest leggen wat er was gebeurd. Eigenlijk was het zo dat ik het *mezelf* niet eens uit kon leggen. Ik besloot uiteindelijk dat Robert degene was die me waarschijnlijk het beste kon helpen. Ik hoopte dat ik hem bij de supermarkt zou vinden want ik wist dat ik niet genoeg energie had om naar zijn tipi te lopen.

Toen ik naar buiten wankelde, zag ik dat de auto van Martika scheef op de stoep geparkeerd stond, de achterkant stak uit over de straat. Onder de bumper lagen twee vuilnisbakken waarvan de inhoud over de stoep verspreid lag. Ik wist wel dat de auto verplaatst moest worden en dat het vuil moest worden opgeruimd, maar ik had maar net genoeg energie om te lopen. Bovendien voelde ik me licht in mijn hoofd en wist ik dat ik niet moest gaan autorijden. Dus stommelde ik de heuvel af naar de supermarkt. Toen ik er vlakbij was rende Robert naar me toe.

'Wat is er met jou gebeurd?' vroeg hij. Hij was echt bezorgd en dat had ik nog niet eerder in zijn stem gehoord.

'De schommel...' zei ik met een trillerige stem. 'Mijn buik doet pijn.'

'Natuurlijk doet die pijn, je hebt een hele grote donkere wolk rond je bovenlichaam hangen. We moeten nu naar je appartement, ik moet je een helende behandeling geven.'

Hij gooide pup Don over zijn schouder alsof het een zak meel was en met zijn hand op mijn onderrug stuurde hij me heuvelopwaarts. Toen we dicht bij mijn appartement waren, zag hij Martika's auto die geparkeerd stond op de stoep en schudde meelevend met zijn hoofd.

'Ik had je moeten beschermen,' zei hij terwijl hij mijn deurslot opende. 'Ik dacht niet dat ze zo snel achter je aan zouden komen.'

'Wie zit achter me aan?'

'Daar hebben we het later nog wel over. Pak jij maar even een kussen en een paar dekens en kom dan naar me toe in de achtertuin. Het gaat veel makkelijker in de natuur.'

Ik zocht wat extra beddengoed op en ging naar buiten naar Robert toe. Hij had net de cederhouten picknicktafel verplaatst, die stond nu onder de grote arbutusboom.

'Ga op de tafel liggen, met je gezicht naar boven en sluit je ogen,' zei hij terwijl hij van de dekens en het kussen een soort bed maakte boven op de tafel. 'We moeten aan het werk.'

Robert legde een hand op mijn buik en de andere hand op mijn voorhoofd en hij begon diep adem te halen. Hij verplaatste zijn handen naar verschillende delen van mijn lichaam, ademde in door zijn neus en ademde luid uit door zijn mond. Toen begon hij te mompelen, het was nauwelijks verstaanbaar.

'Oh ja. Ja, dat weet ik. Ja. Oh, ik begrijp het. Het zal wel goed komen met je. Je kunt open zijn zonder dat je kwetsbaar bent. Ja hoor. Oké. Goed. Ik begrijp het.'

Toen omvatte hij met zijn duim en wijsvinger mijn arm en duwde zijn hand stevig naar beneden naar mijn hand toe waarna hij aan mijn vingers trok alsof hij teer uit elke vinger haalde.

Ik opende mijn ogen en zag zeven libellen vliegen boven mijn hoofd, ze maakten driehoeken. Ik raakte ze bijna met mijn neus en het leek alsof ze in de lucht vlak boven me patrouilleerden. Er was ook een enkele helderblauwe libel die ongeveer dertig centimeter boven de driehoek zweefde, het leek erop dat hij de stoet in de gaten hield.

'Elfjes,' zei ik zwakjes.

'Ja, je hebt geluk. Ze helpen goed vandaag.'

Toen Robert klaar was met alle tien vingers, ging hij door met mijn voeten en deed hetzelfde met mijn tenen. Terwijl hij dit deed, stroomde er warmte door mijn ledematen, en ik voelde hoe mijn gezicht weer kleur kreeg. Nadat hij klaar was, begon de pijn in mijn buik nog heftiger te worden.

'Mijn buik,' zei ik.

'Sst... Ik weet het... Ik ga hierna met je buik bezig.'

Hij ging langzaam met zijn handen omhoog langs de

zijkant van mijn bovenlichaam en legde beide handen op mijn onderbuik. Hij begon nog dieper adem te halen dan daarvoor. Terwijl hij uitademde begon hij onbedwingbaar te hoesten, maar hij liet zijn handen op me liggen. Na de derde ademhaling en hoestbui voelde ik een hele grote energiestroom die mijn hele bovenlichaam vulde, eerst in mijn buik en daarna vloeide het door naar mijn hart en omhoog lang mijn ruggengraat. Ik voelde me weer heel, alsof ik net uit de dood was opgestaan. Ik opende mijn ogen en zag Robert die voorovergebogen stond terwijl de tranen over zijn wangen rolden.

'Het spijt me zo,' zei hij terwijl hij niet probeerde om zijn tranen te verbergen.

'Wat is er gebeurd?'

'Je werd gebeten.'

'Gebeten?' Ik was in de war. 'Door wie?'

Hij ging door alsof hij de vraag niet had gehoord: '...en nadat je was gebeten, maakten ze een energiekoord vast aan je buik. Daarom voelde je je zo leeg. Ze waren letterlijk bezig om de energie uit je te zuigen.'

'Wie heeft me dit aangedaan?' Ik begon boos te worden. 'En waarom deden ze dat?'

'Omdat je te machtig wordt.'

'Wie heeft me dit aangedaan?' Ik vond het heel vervelend dat hij me geen antwoord wilde geven. 'Robert, zeg me wie me dit heeft aangedaan!'

'Er zijn twee denkwijzen over dit soort dingen. De populairste denkwijze is dat het nooit wordt erkend, onder geen enkele omstandigheid, en de meeste spirituele mensen zullen zelf zo ver gaan dat ze ontkennen dat het bestaat.'

'Dat wát bestaat? Robert hou op met eromheen te

draaien en vertel me wat er met me is gebeurd!'

'Het kwaad,' zei hij terwijl hij naar de grond keek. 'Het kwaad,' herhaalde hij na een lange pauze. 'Veel genezers geloven dat als je het kwaad erkent, je het dan meer kracht geeft. Maar soms is het niet weten dat het bestaat gevaarlijker dan het negeren. Het is een dilemma waar ik al jaren mee worstel, en hoewel vele ouderen vinden dat je het koste wat kost moet vermijden om er kracht aan te geven, is het in jouw geval zo dat je het moet weten zodat je jezelf kunt beschermen.'

Mijn hoofd tolde. 'Wat heeft het kwaad met mij te maken?'

'Het wil je tegenhouden en jammer genoeg denk ik niet dat dit de laatste keer zal zijn geweest.'

'Me tegenhouden om wat te doen?'

'Meer licht in de wereld te brengen. Je bent voorbestemd om een groot genezer te worden, en je hebt hun aandacht getrokken. Je hebt nu nog niet al je werktuigen, daarom ben je op dit tijdstip het meest kwetsbaar. Als ze je nu tegen kunnen houden, zul je nooit meer een dreiging voor hen zijn.'

'Maar waarom gebeurde het in Yreka? In het park?'

'Het is eigenlijk zo dat Yreka veel negatieve energiepoorten bevat. Het ligt tussen Mount Ashland en Mount Shasta, dat zijn beide twee krachtige positieve energievortices. Het is zelfs zo dat Mount Shasta een van de krachtigste vortexen in heel Noord-Amerika is.'

'Maar waarom zou er zoveel negatieve energie tussen twee positieve plaatsen zitten?'

'Omdat het duister het licht volgt. Het is net als een mot die aangetrokken wordt door een kaarsvlam: hij kan er niet te dicht bij in de buurt komen, want dat betekent zijn einde, maar de aantrekkingskracht blijft. Alle spirituele leiders leveren voortdurend strijd met negatieve krachten, en als iemand overgaat in een verlichte ziel, dan is hij of zij het meest kwetsbaar.'

'Waarom heb je me niet gewaarschuwd?'

'Ik verwachtte niet...' Hij maakte zijn zin niet af. '...Ja ik had je moeten waarschuwen, en het spijt me.'

'Maar waarom gebeurde het? Waarom was het zo belangrijk voor mij om naar Yreka te gaan?'

'Je werd daarnaartoe getrokken omdat je ziel op meerdere niveaus begint te communiceren, en je open begint te staan voor andere dimensies.'

'Wat betekent dat?' De verwarring was bij mij nu compleet.

'Het betekent dat je nu open gaat staan voor de geestenwereld; en je kunt energie zien, horen, en, in dit geval, voelen op het niveau van de ziel, als aanvulling op de materiële werkelijkheid. De meeste zintuigen van mensen zijn zo getraind dat ze zich alleen maar richten op dat wat er gebeurt in de materiële wereld maar jij overstijgt nu heel snel die zogenaamde beperkingen.'

'Betekent het dan dat ik naar Yreka ging omdat ik eindelijk in staat was om de roep van de zielenwereld te horen?'

'Ja, dat is er een onderdeel van. Maar jij moet nu leren om jezelf te beschermen totdat je het onderscheid kunt maken tussen de energie van het licht en het duister.'

'En hoe doe ik dat?'

'Je moet een leraar vinden die je kan trainen op dit gebied, maar ondertussen moet je oppassen, en voorzichtig zijn als je wordt geroepen door de zielenwereld terwijl je nog kwetsbaar bent.'

'Kun jíj mijn leraar zijn?'

'Nee,' grinnikte hij. 'Ik zit voorlopig nog wel in de materiële wereld. Je moet een leraar vinden die je kunt vertrouwen en die al in de zielenwereld is.'

'En hoe weet ik wie ik kan vertrouwen?'

'Luister naar je hart, dan zul je het weten. En als je het niet zeker weet, is het antwoord waarschijnlijk nee. We kunnen hier later over doorpraten, maar ik moet nu naar de winkel om wat dingen te halen die ik nodig heb om het proces van vandaag af te ronden. Ik ben zo terug.'

Nadat hij was weggegaan, ging ik naar binnen. Ik opende de koelkast omdat ik een fles water wilde pakken en zag dat de autosleutels in de koelkast lagen, in de botervloot. Ik schudde mijn hoofd, zuchtte diep en besloot toen dat ik de auto maar beter op een betere plek kon neerzetten en het afval weer in de geplette afvalbakken moest stoppen.

Terwijl ik het afval opraapte, dacht ik na over wat Robert had gezegd. Ik wist in ieder geval zeker dat ik niet terug naar Yreka wilde. En ik wilde echt niet het risico lopen dat ik weer in zo'n angstaanjagende situatie terecht zou komen. Maar op een bepaalde manier voelde ik dat er iets in de zielenwereld was dat onderdeel uitmaakte van mijn bestemming. Ik wist dat ik moest herstellen van wat er was gebeurd in Yreka, maar ik voelde dat het me voorgoed had veranderd en dat er geen weg terug was.

Ongeveer twintig minuten later kwam Robert mijn appartement binnen met een kleine papieren zak in zijn handen. 'Ik ga een genezend bad voor je maken,' zei hij. Ik liep achter hem aan toen hij mijn badkamer binnenliep en de kraan openzette. 'Ik heb een behoorlijk dik energiekoord doorgesneden dat aan jou vastzat en je hebt nu een groot gat in je buik op die plek. Dit bad met zeezout en ciderazijn zal je helpen bij het herstel.'

Het hele appartement begon scherp naar azijn te ruiken, en na een paar minuten draaide hij de kraan dicht en gebaarde dat ik in het bad moest gaan zitten.

'Ik wil dat je twintig minuten in het bad blijft liggen en daarna kruip je in je bed en blijf je daar de rest van de dag. Morgen kom ik langs en zal ik kijken hoe het met je gaat, waarschijnlijk komt het wel goed.'

Hij vertrok en ik liet mezelf in het sterk ruikende bad zakken. Ik bleef er de voorgeschreven twintig minuten in en begon me veel beter te voelen. Uitgeput maar beter. Ik vond het echt niet goed van Robert dat hij me niet gewaarschuwd had voor datgene wat achter me aan zou kunnen zitten, maar ik had ook het gevoel dat ik geluk had dat er iemand was die me door deze ervaringen heen kon loodsen.

Ik wist niet zeker wat me te wachten stond, maar ik had het idee dat ik op het punt stond om iets heel belangrijks mee te maken. Het was alsof mijn leven me boven het hoofd groeide, en alsof ik verantwoordelijkheden zou moeten gaan dragen die erg belangrijk waren. Maar ik maakte me zorgen: als een simpele schommel al zoiets met me kon doen, hoe zou ik dan de kracht hebben om iemand anders te kunnen helpen? Ik probeerde het vertrouwen bij elkaar te rapen dat het universum me niets zou geven dat ik niet aan zou kunnen. Ik nam me voor om zo goed mogelijk met beide voeten op de grond te blijven staan tijdens datgene wat een onvergetelijke reis zou blijken te zijn.

10

De volgende ochtend werd ik wakker van de telefoon, Martika belde me op.

'Hallo Scott. Hoe gaat het met je?'

'Veel beter, dank je wel. Heeft Robert je verteld wat er in Yreka is gebeurd?'

'Ja. Het spijt me dat je dat moest meemaken. Maar het is een soort inwijdingsritueel, zoals ze zeggen.'

'Dat zal wel ja.'

'Het betekent gewoon dat je op de goede weg zit.'

'Dat zegt Robert ook.'

'Hij is een geweldige leraar. Ik ken hem al vele levens.'

'Geloof je in het kwaad?' Ik was nog steeds bezig met datgene wat er in Yreka was gebeurd.

'Oh, dat weet ik niet. Ik weet dat Robert een hele duidelijk mening heeft over dit soort dingen, maar mijn ervaring is dat negatieve energie gewoonlijk in het tegenovergestelde veranderd kan worden door healing.'

'Als je gemeen bent, dan is dat een ziekte?'

'Dat zou je kunnen zeggen,' lachte ze. 'Ik zeg niet dat duistere energie niet bestaat, maar ik heb een aantal behoorlijk afschuwelijke zielen gezien die na een healing ongevaarlijk werden toen hun kernproblemen eenmaal waren behandeld.'

Ik had Robert niet verteld over het gezicht van de dronken bestuurder, maar ik had het gevoel dat ik wel aan iemand moest vertellen wat er was gebeurd. Ik vertelde

Martika alles wat ik me kon herinneren en vroeg haar wat ze ervan vond.

'Toen je zag dat de dronken bestuurder jouw gezicht had, wat voelde je toen?' vroeg ze na een lange stilte.

'Ik weet het niet. Ik viel flauw.'

'Wat voel je nu?'

'Woede. Ik weet het niet. Ik voel me schuldig.'

'Een schuldgevoel is een stap in de goede richting. Dat betekent dat je op een bepaald niveau in staat bent om je te identificeren met hem. Het is een begin. Veel mensen proberen om tot een vergelijk te komen met hun eigen schaduw, maar het ultieme doel is om tot een vergelijk te komen met de schaduw van de *mensheid*. Daar vindt de echte grote healing plaats.'

'Wat bedoel je met "schaduw"?' Ik had het idee dat ik eigenlijk al zou horen te weten waar Martika het over had, maar ze gaf me het gevoel dat het prima was om die vragen te stellen waar Robert zich aan zou ergeren.

'We hebben allemaal een duistere en een lichte kant. Je kunt nooit volledig geïntegreerd en in evenwicht zijn als je niet accepteert dat beide belangrijke aspecten zijn van het menszijn. Mensen die hun duistere kant negeren of deze proberen te verbergen voor zichzelf of voor anderen worden behoorlijk depressief, of, in bepaalde gevallen, nog veel erger. Als de duisternis uiteindelijk naar buiten komt omdat ze het niet meer binnen kunnen houden, kunnen er extreme dingen gebeuren.'

'Zoals wanneer mensen tegen je schreeuwen om niets?'

'Ja, en jammer genoeg dingen die nog veel en veel erger zijn.'

Ik dacht na over het nieuws dat dagelijks in de kranten verscheen en ik vroeg me af hoeveel drama's voorkomen zouden kunnen worden als mensen niet zouden proberen om hun schaduwen te negeren.

'En de gave die jij hebt gekregen,' ging Martika door, 'is dat jij je realiseert dat de mensheid een collectieve lichte kant heeft en een collectieve schaduwkant waar we allemaal deel van uitmaken. We zijn allemaal met elkaar verbonden en jij kreeg een letterlijk voorbeeld hiervan te zien. Ja, je liefde voor Cheryl is een vaststaand gegeven. Maar jij bent ook de dronken bestuurder die haar heeft gedood. En ik ook. We zijn allemaal liefde, en we zijn allemaal haat. We zijn één, met al onze verschillen.'

'Dat kan ik maar moeilijk accepteren.' Ik probeerde zo diplomatiek mogelijk te zijn terwijl ik een poging deed om onderscheid te maken tussen mijn gevoelens van woede en verwarring. Ik kon me onmogelijk voorstellen dat ik de verantwoordelijkheid op me nam dat ik de dronken bestuurder was die Cheryl bij me weg had genomen.

'Ja, dat *is* ook moeilijk te accepteren, Scott. Het spijt me dat je dit moest leren door middel van een pijnlijke les. Echt waar, ik heb met je te doen.'

'Je zegt dus dat iedereen van nature goed is?' vroeg ik met een verontwaardiging die ik maar moeilijk kon verbergen. 'Dat lijkt het tegenovergestelde van Roberts opvattingen.'

'Dat is waar,' lachte ze, 'we zijn het niet over alles eens. En Robert heeft meer ervaring dan ik met dit soort dingen, volg dus zijn advies op en pas op. Maar onthoud ook dat je het goede moet zoeken in iedereen, hoe moeilijk dat soms ook te vinden is. Want als je iemand kunt helpen met een healing, help je iedereen.'

'We zijn allemaal met elkaar verbonden.'

'Ja, dat zijn we.' Ze was even stil. 'Jammer genoeg moeten we het over iets anders hebben. Een vriend van mij heeft morgen de auto nodig...'

'Oh, het spijt me. Ik breng de auto meteen naar je terug.'

'Ik heb hem vanavond pas nodig. En als je je goed genoeg voelt, er komen vanavond een paar mensen op bezoek. Je kunt vanavond de auto brengen en wat nieuwe mensen leren kennen.'

'Dat klinkt fantastisch... Ik zal er zijn.'

Martika vertelde me hoe ik er moest komen en ik maakte me klaar om opnieuw de wereld in te gaan, de eerste keer na mijn vision quest in Yreka.

Ik arriveerde tien minuten te vroeg bij Martika's imposante landhuis nadat ik de benzinetank van haar auto had gevuld en was verbaasd toen ik merkte dat het feest al in volle gang was. Ze deed de deur voor me open in een met de hand beschilderde blauw met witte zijden jurk en een grote witte bloem in haar haren.

'Je ziet er goed uit,' zei Martika terwijl ze me omhelsde. 'Ben je weer helemaal hersteld?'

'Ik denk het wel. Bedankt dat je er naar vraagt.' Het leek erop dat Martika altijd precies het juiste wist te zeggen.

Het huis was ingericht met een ongewoon mengsel van hedendaagse en landhuis/boerderij-elementen. Het leek alsof de hardhouten planken op de vloer de oorspronkelijke planken waren, ze straalden warmte en een doorleefde charme uit. En naast het oude hout zorgden de opvallende hedendaagse en op Azië geïnspireerde kunstwerken waar de muren vol mee hingen voor de accenten. In de hal werden de gasten begroet door een imposante crèmekleurige Boeddha. Het was een collage die ik raadselachtig vond en toen ik ernaartoe liep om hem beter te bekijken, schrok ik van wat ik zag.

'Is dit van sigaretten gemaakt?'

'Ja,' zei Martika. 'Een kunstenaar uit de buurt haalt gebruikte sigaretten uit elkaar die hij in de bars in de stad verzamelt en gebruikt ze om collages te maken. Het levert verbazingwekkende kunstwerken op.'

'Rook jij?' Ik vond het moeilijk om het beeld dat ik van Martika had te verenigen met een muur vol gebruikte sigaretten. Toen ik nog beter keek, werd ik echt helemaal niet goed, ik zag dat de felrode mond van de Boeddha was opgebouwd uit met lipstick besmeurde papiertjes.

'Lieve help, nee hoor. Maar dit kunstwerk vind ik zo afstotelijk dat ik het gewoon moest hebben. En ik beloofde mezelf dat ik het op een opvallende plaats op zou hangen totdat ik in staat ben om het helemaal en volledig te accepteren. Ik denk dat ik een beetje verslaafd ben aan healing. Ik word meteen aangetrokken door alles waardoor ik me niet prettig voel omdat ik dan weet dat er iets onder ligt waaraan ik moet werken.'

Martika gebaarde dat ik haar moest volgen en toen we door de gang haar schitterende huis binnenliepen, wilde ze nog een ding over het onderwerp kwijt: 'Mijn vader rookte vroeger.'

Toen we de keuken binnenkwamen, zag ik verschillende mensen die ik herkende van de constellatiegroep en nog een paar andere die me niet bekend voorkwamen. De leeftijden verschilden maar het waren, opnieuw, voornamelijk vrouwen. Het leek alsof de grote landelijke keuken het centrum van het feest was, en veel gasten hadden zich dicht bij de helderblauwe en rode pannen verzameld waarin van alles aan het pruttelen was op het roestvrijstalen restaurantfornuis.

‘Er zijn hier een aantal fantastische mensen die je kunt leren kennen,’ zei Martika. ‘Wil je water of thee?’

‘Thee zou fantastisch zijn.’

‘Ik hoop dat je van rooibos houdt,’ zei ze, terwijl ze me een kop gaf met een stomende rode vloeistof.

‘Dit smaakt erg lekker.’ Ik vond de wrange, nootachtige smaak heerlijk, het smaakte heel anders dan alle thee die ik daarvoor had geproefd. ‘Waar kun je het kopen?’

‘Het komt uit Afrika, maar je kunt het natuurlijk ook bij de supermarkt kopen.’

‘Natuurlijk,’ zei ik met een glimlach.

‘Oh Scott, ik wil Lisa aan je voorstellen, van de groep. Ze zat samen met jou in de constellatie en ik denk dat jullie veel met elkaar gemeen hebben.’ Lisa was een kleine levendige brunette met krullend haar en helderrode lippenstift. Nadat Martika me aan haar had voorgesteld, bracht ze de theepot naar de andere kamer en liet ze ons met zijn tweeën achter in de keuken om te praten.

‘Wauw, jouw constellatie was zo intens,’ zei Lisa. Ze praatte veel sneller dan ik gewend was. ‘Ik weet dat het niet de bedoeling is dat we erover praten, maar ik heb nog nooit eerder zoiets meegemaakt.’

‘Heb je er al veel meegemaakt?’ Ik herinnerde me nu dat ze bij de constellatie naast de ‘snor’ had gezeten.

‘Ik zit in de intensieve jaarcursus, daarom ga ik er elke maand drie dagen achter elkaar naartoe en soms ook nog een paar keer meer, zoals die waarin jij zat.’

‘Dat is veel. Ik weet niet of ik dat wel aan zou kunnen om dat elke maand te doen, laat staan drie dagen achter elkaar.’

'Je went eraan, maar ik denk dat jouw sessie wel wat intenser was dan de meeste anderen.'

Daardoor ging ik me een beetje beter voelen. Ik kon me niet voorstellen dat het nog intenser zou kunnen worden!

'Ik was geschokt toen Hans zei dat je dood had moeten zijn,' ging Lisa door. 'Ik kreeg echt waarheidsbultjes toen hij dat zei.'

'Waarheidsbultjes?'

'Je weet wel, kippenvel, de rillingen, hoe je het maar wilt noemen. Als het haar in je nek recht overeind gaat staan.'

'Oh.'

'Weet je wanneer waarheidsbultjes ontstaan?'

'Nee.'

'Ze ontstaan als de verbinding met je ziel sterker is dan de verbinding met je lichaam. En daardoor wist ik dat wat Hans zei waar was. Wat voelde je toen hij zei dat je dood had moeten zijn?'

'Eerst was ik boos, maar daarna voelde ik me opgelucht.' Ik stond er versteld van dat ik zo open was tegen iemand die ik nauwelijks kende, maar ik voelde me veilig omdat ik in Martika's huis was. 'Ik ben opgelucht omdat ik nu weet dat ik het me niet inbeeldde. Ik had altijd het idee dat ik dood had moeten zijn, maar ik snapte niet hoe het zat totdat hij het me uitlegde.'

'Wauw, dat is echt intens.'

Martika kwam de keuken weer binnen, ze tikte met het heft van een vork tegen haar glas. 'Ik wil graag dat iedereen naar de eetkamer gaat. Het eten is klaar!'

We gingen naar de eetkamer waar twee grote eettafels tegen elkaar waren geschoven. Op de lange muur achter de tafels hing een horizontale sigarettenpapiercollage van het Laatste Avondmaal, het leek alsof het dreigend alles in de gaten zou houden wat in deze kamer zou worden gegeten. Er was gedekt voor bijna twintig mensen. De gasten gingen achter hun stoelen staan en intuïtief hield men elkaars hand vast. Ik was er niet aan gewend om de handen van mensen die ik niet kende vast te houden, maar het was zo oprecht onschuldig dat het de avond nog prettiger leek te maken.

Ik stond tussen twee vrouwen met grijs haar die ik nog niet eerder had ontmoet. De ene droeg een rode fluwelen jurk en had schouderlang haar. De andere had een groene fluwelen jurk aan en krullend kort haar. De vrouw met het langere haar hield losjes mijn linkerhand vast, haar koude, klamme hand raakte mijn handpalm nauwelijks; en de andere hield mijn vingers stevig vast en lachte breed, je zag haar grote tanden. Ze veroorloofde zich een intimiteit waar ik me ongemakkelijk door voelde, maar ik probeerde vriendelijk te blijven en glimlachte naar haar zo warm als ik maar kon.

'Bedankt dat jullie allemaal zijn gekomen,' zei Martika terwijl ze haar glas hief. 'Jullie zijn me allemaal zeer dierbaar en ik ben blij dat jullie hier samen zijn gekomen op deze speciale avond. Omdat velen van jullie elkaar nog niet kennen, stel ik voor dat we eerst een voorstelrondje houden voordat we gaan eten.'

Iedereen stelde zich op zijn beurt voor en de meesten vertelden ongeveer hetzelfde. 'Hallo, ik ben zus en zo, en ik zit in het zoveelste jaar van de instensieve cursus,' of 'Ik ben die en die en ik ga volgende week naar mijn eerste constellatie.' Maar er was één iemand die me tijdens het voorstellen opviel omdat ze anders was. Een goedgeklede jonge vrouw met lang krullend blond haar die eruitzag alsof ze Martika's jongere zus zou kunnen zijn. Ze droeg een eenvoudige witte blouse en een losse kobaltblauwe katoenen rok die uitwaaierde naar de grond met geschulpte randen in de vorm van een taart met drie lagen.

'Hallo, ik ben Madisyn, S-Y-N, niet S-O-N,' fluisterde ze zachtjes. 'Ik ben hier net naartoe verhuisd vanuit Seattle, en Martika heeft zich over me ontfermd. Maar ik weet niet of ik het constellatiewerk wel aankan, het klinkt alsof het voor mij te heftig zal zijn.'

Eindelijk iemand die er eerlijk over was! Ik wilde dat ze me hadden verteld wat er zou gaan gebeuren want dan had ik nog weg kunnen rennen. Ik denk dat de uitwerking uiteindelijk wel goed zou zijn, maar ik wist niet zeker of ik het ooit weer opnieuw zou kunnen doen.

De meeste andere praatjes hoorde ik niet omdat ik zo hard nadacht over wat ik zou gaan zeggen als het mijn beurt was, en ik bleef alle mogelijkheden steeds maar herhalen in mijn gedachten. Ik was doodsbang voor spreken in het openbaar en ik was waarschijnlijk niet naar het diner gegaan als ik had geweten dat ik een toespraak moest houden. Toen ik bijna aan de beurt was, werd ik steeds nerveuzer en op het moment dat de persoon naast me klaar was, richtten alle ogen zich op mij. Iedereen wachtte geduldig totdat ik zou beginnen.

'Hallo, ik heet Scott,' zei ik uiteindelijk na een lange stilte. 'Hans heeft me verteld dat ik eigenlijk dood zou moeten zijn.'

Bijna iedereen in de kamer moest lachen en ik merkte dat ik zelf ook glimlachte terwijl ik snel controleerde of Hans ook in de kamer was. Ik vond het niet erg dat ze lachten, ik kon voelen dat ze allemaal hun gelach en hun warmte gebruikten om mij te dragen en te ondersteunen, het leek alsof het hun werkelijk iets kon schelen.

Ik wist van tevoren niet zeker of de mensen zouden begrijpen wat ik bedoelde, maar terwijl ik naar de lachende gezichten keek, herkende ik veel mensen van de constellatie en het leek erop dat ze zich herinnerden wat er was gebeurd. 'En bedankt, Martika,' ging ik door, 'omdat je me zo hebt gesteund na mijn verhuizing naar Ashland, en omdat je me vanavond hebt uitgenodigd, samen met je familie en vrienden.'

Het eten was verrukkelijk, en het was de eerste keer dat ik een volledige maaltijd kon eten na het terughalen van mijn ziel. Na het teleurstellende kalkoen-en-kaasincident had ik voornamelijk brood en rauwe groenten gegeten, en dit gerecht van verse capelli d'angelo (engelenhaar) pasta met tomaten en basilicum was echt een feest. Het voedsel straalde liefde en geluk uit, en mijn ziel werd gevoed en verjongd. Het was een van de meest voldoeninggevende maaltijden die ik ooit had gehad en ik kon Martika's liefde en steun voelen bij elke hap die ik nam. Toen het toetje van verse bosbessen werd geserveerd, ging iedereen op een andere plaats zitten en ik had het geluk dat ik tegenover Madisyn met een y kwam te zitten. Nu ik zo dicht bij haar zat, kon ik zien dat ze lichtblauwe ogen had en ze droeg een kleine witte bloem in haar haren, net als Martika.

'Dit eten voelt fantastisch,' zei Madisyn terwijl ze ging zitten.

'Zei je nou *voelt*?' vroeg ik haar.

'Ja, de energie is hier zo mooi, en dit eten zit vol met goede energie.'

'Ik ben het met je eens. Ik wist niet dat anderen ook

energie in eten konden voelen. Ik heb het zelf nog maar pasgeleden ontdekt. Ik probeerde in een restaurant te eten en dat lukte niet, omdat het voelde alsof ik de woede van iemand anders aan het opeten was.'

Ze knikte. 'Ik begrijp niet waarom niet meer restaurants zich met bewust koken bezighouden. Dat is de belangrijkste reden waarom ik niet meer in een restaurant kan eten.'

'Bewust koken? Ik wist niet dat er een naam voor bestond. Is dat iets nieuws?'

'Het bestaat al sinds het begin der tijden. Het is gewoon zo dat de meeste restaurants zich niet bezighouden met energie. Daardoor smaakt een maaltijd die je thuis kookt altijd beter.' Haar adem stokte eventjes en toen voegde ze eraan toe: 'Als ik een restaurant had, zou ik mijn werknemers dwingen om naar huis te gaan als ze met een slecht humeur hun werk kwamen doen. Het kan niet zo zijn dat je een restaurant hebt en toestaat dat de kok zijn slechte energie in het eten stopt dat aan de klanten wordt geserveerd. Ik denk dat ik mijn eigen restaurant moet beginnen! Moet ik dan *alles* zelf doen?' Ze lachte en haar blauwe ogen sprankelden.

Ik had nog nooit eerder iemand ontmoet die zonder moeite zo goed kracht en medeleven in evenwicht hield. Het leek erop dat in haar wereld beide onderdeel waren van een enkel continuüm; en ik was echt onder de indruk van de elegante manier waarop ze beide samenvoegde.

'Dat is een mooie armband,' ze veranderde het onderwerp zonder te pauzeren terwijl ze knikte naar de armband die Robert me had gegeven.

'Dank je wel. Een vriend van me heeft die voor me gemaakt.'

'Vertel er eens wat over.'

'Hij bestaat uit kornalijn en er zitten maanstenen en zilver in vanwege mijn band met de maan. Ik put er troost uit.'

'Oh, dat snap ik,' glimlachte ze. 'Ik dacht al dat ik wat maanenergie bij jou vandaan voelde komen. Ik heb een spiritueel sieradenbedrijf. Dit is een van mijn sieraden.' Ze wees naar de halsketting die ze droeg. Er hingen drie zilveren ovalen aan met Chinese karakters en een helder kristal.

'Het is erg mooi.'

'Ja, ik ben er gek op. Een vriend van Martika heeft het in licentie voor me gemaakt. Ik ben eigenlijk op zoek naar nieuwe ontwerpen die door mannen gedragen kunnen worden. Misschien wil je vriend wel met me samenwerken.'

'Dat zou fantastisch zijn. Ik zal het tegen hem zeggen.' Ik dacht dat als ik ervoor zou zorgen dat Robert wat meer inkomsten zou krijgen, hij minder tijd bij de supermarkt hoefde door te brengen om daar om geld te bedelen en meer goede goeroetijd zou overhouden.

'Als jij je telefoonnummer geeft, bel ik je als we ruimte hebben voor nieuwe ontwerpen. In de tussentijd kun jij uitzoeken of je vriend interesse heeft.'

'Dat zal ik doen.' Ik gaf haar mijn telefoonnummer en hoopte dat ze snel zou bellen. Toen ik het papiertje aan haar gaf, dook een vriend van haar op die in haar oor fluisterde.

'Ik rij met iemand mee,' zei Madisyn terwijl ze opstond. 'Ik moet nu gaan. Ik vond het erg leuk om met je te praten.'

'Dat vond ik ook.'

'Dag. Maanjongen.' Ze knipoogde terwijl ze naar de deur liep.

'Tot ziens.' Ik bloosde bijna.

Nadat Madisyn was vertrokken, realiseerde ik me dat ik nog steeds niet helemaal hersteld was van Yreka en dat ik moe was. Het was waarschijnlijk een goed moment om te vertrekken. Martika stond buiten op haar veranda om afscheid te nemen van de andere gasten. Ik nam ook afscheid en liep haar geverfde witte trap af de nacht in naar mijn appartement toe.

Er waren geen straatlampen totdat ik bij de hoofdweg kwam, maar er was een volle maan die genoeg licht leverde. Een wandeling in mijn eentje in het maanlicht was een perfecte manier om de fantastische avond te besluiten. Toen ik bij mijn appartement was aangekomen, kroop ik onmiddellijk in bed. Ik was heel dankbaar dat ik eindelijk deel uitmaakte van een gemeenschap die me zo volledig verwelkomde. Ik sloot mijn ogen en viel in slaap, zo gelukkig was ik al heel lang niet meer geweest.

11

Nadat ik was teruggekeerd uit Yreka was mijn slaappatroon nooit meer helemaal normaal geworden. Ik had al heel lang nachtmerries over het ongeluk van Cheryl maar de traumatische ervaring in Yreka zorgde ervoor dat mijn nachtmerries een volledig nieuw niveau bereikten. Ze refereerden aan de angst uit mijn vroege kindertijd die ik al had weggestopt voordat ik zelfs maar kon lopen, en de dromen schokten me tot in de kern. En terwijl de weken verstreken, begon ik doodsbang te worden om in slaap te vallen omdat de onvermijdelijke flashbacks naar die dag in Yreka zeker zouden terugkomen. Robert probeerde me gerust te stellen en zei dat ik geen gevaar liep, maar ik had nog steeds het gevoel dat datgene wat achter me aan zat, dichterbij leek te komen als ik sliep.

Na bijna twee weken waarin mijn slaap steeds weer ruw werd onderbroken, begon ik me echt zorgen te maken en begon ik dwangmatig te onderzoeken wat dromen betekenden en hoe je ze kon sturen. Het gebrek aan rust had duidelijk effect op de uren dat ik wakker was, ik wist niet meer goed wanneer ik nou wakker was en wanneer ik sliep. Ik stortte me op het doorkijken van bijna elke plank met boeken in de bibliotheek en was opgelucht toen ik een boek vond over lucide dromen, waarin in hele praktische regels werd uitgelegd hoe je dromen kunt sturen. Ik hoopte dat als ik de leiding in handen zou kunnen houden, ik in staat zou zijn om mijn dromen op hun plaats te zetten en eindelijk zonder onderbreking een hele nacht zou kunnen slapen.

Ik begon met het tot op de letter volgen van de instructies in het boek. Voordat ik in slaap viel, sprak ik de intentie uit dat ik mijn droomgidsen zou ontmoeten op het moment dat ik het bewustzijn verloor. Ik koos ervoor om het idee van mijn voorouders van de constellatie vast te houden omdat zij de enige doden waren die ik kende, afgezien van Cheryl. Ik hoopte dat zij mijn uitnodiging zouden aanvaarden, ondanks het feit dat ik ze maar heel kort had ontmoet bij de constellatie en niet veel tijd met ze had doorgebracht toen ze nog leefden.

Eerst lukte het niet zo goed, elke keer dat ik probeerde om mijn dromen te beïnvloeden werd ik wakker of werd ik in een andere flashback van Yreka meegezogen. Wat uiteindelijk werkte was dat ik me voorstelde dat ik op een plek stond en heel snel rond ging draaien op het moment dat ik begon te dromen. Als ik stopte met het draaien zou ik nog steeds dromen en zou ik de controle houden. Na een paar nachten oefenen was ik in staat om mijn dromen te sturen zonder het draaien.

Toen ik eindelijk in mijn eerste lucide droom terechtkwam, struikelde ik bijna over een oudere man die in een verweerde houten schommelstoel zat. We bevonden ons op de veranda van een grijs huis dat me bekend voorkwam. Een hek van witte palen stond rond een heel groot maïsveld dat ik meende te herkennen maar niet kon plaatsen. Het begon bijna te schemeren en de lucht was warm en vochtig, het getsjirp van de sprinkhanen vulde de stilte. Nadat ik het allemaal eventjes had bekeken, herkende ik het huis. Het was een huis in Iowa waar mijn grootmoeder me mee naartoe had genomen toen ik als kind bij haar op bezoek was. Het huis zou gesloopt worden en ze wilde me laten zien waar ze was opgegroeid.

'Hallo Scott,' zei de oudere man op de veranda terwijl hij de schommelstoel in beweging hield met zijn grote blote voeten.

Ik staarde hem niet-begrijpend aan.

'Ik ben je overgrootvader.'

'Oh, sorry. Ik herkende u niet.'

'Dat geeft niet. Je hebt me nooit gezien toen we eerder op hetzelfde niveau zaten.'

Hij was gestorven door een jachtongeluk toen ik nog niet was geboren. Dat verklaarde waarschijnlijk waarom mijn grootmoeder zo overstuur was toen ze erachter kwam dat mijn vader me een geweer wilde geven voor mijn dertiende verjaardag. Toen ik opgroeide had niemand echt over mijn grootvader gepraat, en de enige keer dat ik hem had ontmoet was tijdens de constellatie toen hij vertegenwoordigd werd door een vrouw.

'Je hebt hier nogal wat tijd doorgebracht,' vervolgde mijn grootvader. 'Vind je het leven op de aarde niet leuk?'

'Het is wel oké, geloof ik.' Ik had er nog nooit over nagedacht. 'Ik denk dat ik hiernaartoe werd getrokken om iets te ontdekken.'

'Wat zoek je?'

'Ik weet het niet. Maar het lijkt belangrijk.'

'Ja, dat is het ook. Je begint aandacht te besteden aan je intuïtie, dat is goed. Je zult erachter komen dat dat het enige zintuig is waarop je kunt vertrouwen. Je ogen en je oren kunnen je gemakkelijk om de tuin leiden, maar je intuïtie is je kompas.'

Op dat moment veranderde de witte omheining die rond het huis stond in een kleurige cementen muur die was beschilderd met elkaar afwisselende rechthoeken in primaire kleuren. Het grasveld veranderde voor mijn ogen in een zandvlakte waaruit in een paar seconden een zilverkleurige metalen glijbaan en een wip tevoorschijn kwamen. Ik herkende de speelplaats onmiddellijk als die van de peuterspeelzaal waar ik naartoe ging toen ik nog heel klein was. Ik keek naar mijn overgrootvader en zag dat zijn huis vervangen was door een laag, grijsgepleisterd schoolgebouw.

'Waar zijn we?' schreeuwde ik om uit te komen boven de echo's van het geschreeuw uit mijn vroege jeugd dat in de speeltuin klonk.

'We zijn in jouw dromenland.'

'Mijn dromenland? Wat is hier allemaal?'

'Wat je maar wilt. Je kunt het gebruiken om te werken aan de problemen die je op aarde hebt en daar de beste oplossingen voor vinden voordat je teruggaat. Het is ook een goede manier om het contact te onderhouden met het zielenniveau terwijl je op aarde bent.'

Hoewel dit allemaal niet logisch te verklaren was, voelde ik dat wat hij zei waar was. 'Dus dit is het zielenniveau?'

'Nee, dit is een veilig gebied tussen het bewustzijn en het zielenniveau. Hier zijn veel van dezelfde regels van toepassing, maar niemand kan er binnenkomen, tenzij jij ze hier uitnodigt.'

'Kan ik vanaf hier naar het zielenniveau gaan?'

'Ja, dat kan, maar je bent er nog niet klaar voor. Ik stel voor dat je hier een tijdje blijft en eerst je dromenland leert kennen. Als je nog steeds interesse hebt, kunnen we daar later over praten.'

Het was erg leuk om een tijdje in mijn dromenland te

zijn. Ik kon bijna elke gebeurtenis, elk moment en elke plaats oproepen die ik maar wilde en mijn vrienden en familieleden uit het verleden ontmoeten op elke leeftijd die ik maar wilde. Ik begon met mijn favoriete herinneringen en beleefde ze een voor een opnieuw: de eerste keer dat het me lukte om te fietsen. Mijn eerste puppy. De vakantie in Yosemite. Ik beleefde deze momenten opnieuw, een voor een, totdat ik me er geen meer kon herinneren.

Daarna begon ik mijn slechtste herinneringen op te roepen en veranderde ze in goede herinneringen. Ik ging terug naar de eerste dag in de eerste klas van de lagere school toen ik in mijn broek plaste tijdens de pauze. Ik kwam erachter dat ik dingen anders kon laten verlopen als ik het maar hard genoeg probeerde. Dus zorgde ik ervoor dat ik naar de wc ging voordat de lessen begonnen, en tegen de tijd dat het pauze was, had ik niet in mijn broek geplast en speelde ik zonder problemen op de wip. Ik riep al mijn slechte herinneringen op en zorgde dat ze allemaal goed afliepen. Ik kon mijn verleden opnieuw vormgeven, en hoewel ik wist dat ik de loop van mijn eigen geschiedenis niet echt had veranderd, voelde ik me veel meer op mijn gemak met mezelf. Het was een prettig gevoel dat ik kon leren van mijn fouten.

Maar er was een ding dat ik maar niet kon begrijpen.

'Waarom kan ik mijn herinneringen met Cheryl niet oproepen?' vroeg ik aan mijn overgrootvader.

'Zoals ik al eerder zei, ben je in staat om mensen en plaatsen uit te nodigen in je dromenland als je dat wilt. Maar deze mensen en plaatsen moeten je uitnodiging aannemen voordat ze binnenkomen. De zielen van mensen die je oproept nemen echt deel aan je dromen.'

'Maar waarom zou ze niet binnen willen komen? Zelfs

mensen die ik sinds de peuterspeelzaal niet meer heb gezien komen.'

'Door jou zat Cheryl jarenlang vast in jouw dromenland, en ze kon niet verdergaan naar de plaats waar ze moest zijn. Op het moment is ze erg voorzichtig, ze heeft zo haar twijfels over haar terugkeer hiernaartoe.'

'Hoe zou ik haar hier gevangen kunnen houden als ze mijn uitnodiging moet aannemen om hier te komen?'

'Natuurlijk nam ze in eerste instantie je uitnodiging aan, jullie hadden ook een hele speciale band. Maar nadat ze hier was gekomen, kon ze niet meer weg omdat jouw energie haar hier vasthield.'

'Echt waar? Waarom zou ik dat doen?'

'Er zijn veel redenen waarom mensen zich verbinden met de energie van andere mensen. In jouw geval was het omdat je bang was dat je een deel van jezelf zou verliezen toen ze stierf.'

Zijn woorden raakten een snaar in mij, ik wist dat het waar was. Hoe beter ik het begreep, hoe afschuwelijker ik me voelde over datgene wat ik Cheryl had aangedaan nadat ze was gestorven.

'Je moet niet zo streng voor jezelf zijn,' zei mijn overgrootvader. 'Eigenlijk komt het best wel vaak voor bij mensen die van elkaar houden.'

'Is ze boos op mij?'

'Dat betwijfel ik. Je moet haar gewoon wat ruimte geven totdat ze haar eigen leven na de dood op orde heeft, en ik weet zeker dat ze je in de toekomst wel zal bezoeken als ze er wat meer aan gewend is.'

Ik realiseerde me dat een van de belangrijkste redenen waarom ik geïnteresseerd bleef in dromenland de zoektocht naar Cheryl was. Nadat ik erachter was gekomen dat ik haar toch niet zou vinden, begon ik het saai te vinden. Ik vroeg mijn overgrootvader opnieuw of hij me het zielenniveau wilde laten zien, en hoewel hij me vertelde dat ik er nog steeds niet klaar voor was, zei hij ook dat het niet veel meer scheelde. Uiteindelijk ging hij ermee akkoord dat hij me met de voorbereiding zou helpen.

'Het eerste wat je moet doen, is dat je moet leren om jezelf energetisch te beschermen tegen andere zielen,' was het eerste wat hij zei. 'Je hebt hier niet de bescherming van een lichaam om je af te schermen van energie die buiten je ziel ligt, je moet dus leren om jezelf te omhullen.'

'Mezelf omhullen? Wat betekent dat?'

'Je moet jezelf omringen met beschermend wit licht zodat alleen goede energie naar binnen kan. Je zult nog steeds alles kunnen voelen, maar er kan niets worden beschadigd, zoals gebeurde in Yreka.'

'Daar weet je van?'

'Natuurlijk. Ik was bij je die dag. Ik loop al met je mee sinds de dag dat je werd geboren. Je hebt er gewoon niet op gelet.'

Ik vroeg me af waarom het zo lang had geduurd voordat ik had toegestaan dat mijn voorouders me gingen helpen. Ik had altijd het idee gehad dat het edelmoediger was om op mezelf te blijven, maar ik begon te begrijpen dat het heel natuurlijk was om gebruik te maken van de kracht van je familieleden.

'Geloof jij in het kwaad?' Ik probeerde nog steeds om me te verzoenen met dat wat een eenvoudig idee leek, maar hoe meer ik erover nadacht, hoe ingewikkelder het werd. 'Ik weet niet zeker of ik geloof dat we allemaal goed én slecht zijn, of dat het kwaad buiten me ligt. Als we nou allemaal één zijn, dan zou ik toch geen bescherming nodig hebben?'

'Niet per definitie. De waarheid ligt ergens in het midden. Het is waar dat we allemaal één zijn, maar het gaat ook om relatieve kracht. Relatieve sterkte.'

'Wat bedoel je?'

'Als een negatieve kracht bijvoorbeeld gebruikmaakt van alle negatieve energie van de mensheid en jij maakt alleen gebruik van je eigen positieve energie, dan is het zeer waarschijnlijk dat je overweldigd wordt.'

'Zoals met mij gebeurde in Yreka?'

'Precies. Uiteindelijk zul je leren om gelijksoortige energie van andere zielen te gebruiken die solidair met jou zijn. Maar ik raad je aan om dat nu niet te proberen omdat je jezelf open en kwetsbaar moet opstellen zodat je op één lijn met anderen kunt komen te staan. Je hebt meer ervaring nodig om in staat te zijn te onderscheiden wie je kan helpen en wie niet.'

'Wat moet ik nu dan doen?'

'Op dit moment moet je jezelf gewoon beschermen. Terwijl je steeds meer in je eigen persoonlijke kracht zult komen te staan, zul je natuurlijk anderen met dezelfde interesses aantrekken, maar na datgene wat er met je gebeurd is in Yreka zul je waarschijnlijk extra voorzichtig moeten zijn omdat je al aandacht hebt getrokken waaraan je helemaal geen behoefte hebt.'

'Kun jij me laten zien hoe ik mezelf kan beschermen?' Wat me in Yreka was overkomen, wilde ik echt niet nog een keer meemaken.

'Het is heel simpel. Stel jezelf voor dat je wordt omringd door een bubbel van wit licht en ontspan je. Hoe beter je dat doet, hoe meer wit licht er in je ziel terecht zal komen en dat witte licht beschermt je.'

'Maar waar komt dat witte licht vandaan?'

'Dat komt van binnenuit. Wit bestaat uit *alle* kleuren, die allemaal binnen in je zitten. Door de energie van alle kleuren tegelijkertijd los te laten, reinig je jezelf en bescherm je jezelf tegen energie die je niet wilt, terwijl de kleuren zich met elkaar vermengen en de kleur wit vormen.'

Het leek allemaal heel erg abstract en gecompliceerd, en ik voelde me behoorlijk gefrustreerd terwijl ik me probeerde te herinneren hoe ik verf had gemengd tijdens tekenlessen op school. 'Ik denk niet dat ik het goed doe.'

'Dat komt doordat je te veel nadenkt. Je moet je gewoon beschermd *voelen*. Je veilig *voelen*. Sta niet toe dat je gedachten het verstoren. De kleuren zorgen wel voor zichzelf. Ontspan je gewoon en voel je veilig. Ik ben hier bij je. Ik laat je niet in de steek.'

Terwijl ik rustiger ging ademhalen en me voorstelde dat ik me veilig en beschermd voelde, begon een warme gloed diep binnen in me licht uit te stralen. Eerst vulde de gloed langzaam mijn hele lichaam en toen ik mijn ogen opende, leek het alsof ik onder een hele sterke gloeilamp stond. Maar ik kon zien dat het licht letterlijk uit mijn binnenste kwam. De energie verlichtte alles in een straal van 60 centimeter om me heen, en het voelde erg bemoedigend. Hoe meer ik me ontspande, hoe feller het licht werd, maar op het moment dat ik begon na te denken over wat er gebeurde, werd het licht minder fel. En hoewel het ongewoon was om mezelf op te zien lichten als een gloeilamp, voelde het ook heel natuurlijk.

'Mooi zo,' zei mijn overgrootvader. 'Je moet regelmatig oefenen en als je gewend bent aan je licht neem ik je mee naar de andere kant. Bescherming is erg belangrijk op het zielenniveau, we willen niet dat er iets ergs gebeurt.'

De dagen daarna oefende ik met het mezelf omringen met beschermend licht, en terwijl ik dat deed, werd ik minder bang om 's avonds in slaap te vallen. Ik had eindelijk het gevoel dat ik de juiste gereedschappen had om mezelf te beveiligen en te beschermen als er weer iets verschrikkelijks zou gebeuren zoals in Yreka.

Ik veranderde ook mijn eetpatroon. Ik kon helemaal niet meer in restaurants eten omdat ik er niet langer op kon vertrouwen dat de werknemers een goed humeur hadden terwijl ze mijn eten bereidden. En omdat ik hun energie binnen zou krijgen als ik at, werd hun humeur dat van mij. Ik had nooit geleerd om te koken maar nu moest ik wel, omdat ik zo gevoelig was geworden.

Met mijn emotionele gevoeligheid leek het ook alsof mijn lichaam aan het veranderen was. Ik kon machtig eten niet meer goed verteren. Ik vereenvoudigde mijn dieet radicaal, ik at alleen gestoomde zilvervliesrijst en dronk rooibosthee. Het was heel zuiverend, en hoewel ik niet veel energie had toen ik ermee begon, voelde ik me na een tijdje veel beter dan ik me ooit eerder had gevoeld. Ik wist dat het op de lange termijn niet erg gezond was, maar met alle veranderingen die plaatsvonden was dit het enige wat mijn maag kon verdragen. Ik merkte ook dat hoe meer gewicht ik verloor, hoe gemakkelijker het was om in mijn dromenland te blijven. Het leek alsof de extra ponden een last waren, en hoe magerder ik werd, hoe gemakkelijker het was om mijn onderbewustzijn binnen te glippen.

Toen de dag eindelijk aanbrak waarop ik zou beginnen met het leren kennen van de zielenwereld, nam mijn overgrootvader me mee naar een gedeelte van mijn dromenland dat ik nog nooit eerder had gezien. We liepen voorbij de speeltuin van mijn peuterspeelzaal, langs het viaduct over de snelweg van mijn adolescentie, en over de bergpas van mijn tienerjaren. Aan de andere kant van de bergketen liepen we naar de rand van een hele hoge klif die zo hoog oprees boven de vallei dat ik de voet van de klif beneden me niet kon zien. Ik zag alleen maar een wolkenveld dat zich kilometers uitstrekte, met vogels die de golvende mist binnenvlogen en weer naar buiten kwamen, het leken wel dolfijnen die in de branding aan het spelen waren. Ik dacht dat ik eerder mijn dromenland al grondig had verkend, maar deze afgrond herinnerde ik me niet. Het was alsof deze uit het niets was opgedoken toen ik er klaar voor was om het te zien, en het leek alsof het me wenkte met wolken die als golven tegen de klif braken. Terwijl ik daar stond, betoverd door de ontzagwekkende schoonheid die voor me lag, cirkelde er een kleine groep grote raven boven mijn hoofd, ze zorgden voor een dreigende schaduw bij mijn voeten.

'Raven kondigen verandering aan,' zei mijn overgrootvader.

'Het lijkt wel alsof ze me altijd volgen,' lachte ik.

'Dat komt doordat ze ook je krachtdieren zijn. In dit leven zul je veel veranderingen ervaren en de raven zullen je helpen om op het goede spoor te blijven. Het zijn een soort wegwijzers die aangeven dat je op de goede weg zit.'

Met zijn rechterhand pakte hij mijn linkerhand, zijn andere hand stak hij recht voor zich uit. Intuïtief deed ik hetzelfde terwijl we naar de rand van de klif liepen.

'Ben je er klaar voor?' vroeg hij.

Ik knikte en we sprongen samen van de klif af. Zodra onze voeten loskwamen van de grond stortten we naar beneden, naar de vallei onder ons, en mijn maag draaide zich om. Ik voelde paniek terwijl we heel snel door de wolken vielen en ik zag hoe de vallei snel dichterbij kwam. Mijn overgrootvader kneep me zachtjes in mijn hand, en zijn gezichtsuitdrukking vertelde me dat alles goed zou komen. Ik concentreerde me op zijn warme glimlach en de peilloze diepte van zijn wijze ogen en voelde dat mijn schouders zich begonnen te ontspannen.

Terwijl de rust zich door de rest van mijn lichaam verspreidde, veranderde onze vrije val heel elegant in een boogvormige vlucht die ons naar boven leidde, naar de wolken boven ons. Toen we door het wolkendek heen braken, werd het mistige wit vervangen door een regenboog van kristalachtige lichtstralen die zich verplaatsten en golfden door een zee van energiekernen die op amoeben leken. En toen ik naar mijn overgrootvader keek, was ik verbaasd omdat hij was veranderd in een vormeloos energiemembraam. Maar het was vreemd, omdat ik hem bijna nog gemakkelijker kon herkennen *zonder* zijn lichaam dan *met* zijn lichaam. Het was alsof ik eindelijk de werkelijke man zag, zonder dat allerlei lawaai van de materiële wereld zijn ziel verstopte.

We bleven vliegen door de heldere kleuren met een gemak en een vrijheid waar ik heel erg blij van werd. Maar eigenlijk was het geen vliegen, het leek meer op zwemmen, zwemmen in een zee vol met zielen. En omdat mijn ziel ook los was van mijn lichaam, kon ik dingen veel intenser voelen dan op aarde. Het was alsof ik mijn hele leven een vieze zonnebril op had gehad en nu eindelijk in staat was om voor de eerste keer zonder bescherming te kijken naar een zonsondergang.

Maar het was niet alleen het zien en het voelen. Al mijn zintuigen vloeiden samen, en ik kon tegelijkertijd alles om me heen zien/horen/voelen/ruiken/proeven. Mijn zintuigen op aarde waren hele kleine gaatjes die maar een klein gedeelte van wat in mijn buurt was doorlieten, en ik werd bijna overweldigd door mijn vermogen om met mijn hele wezen waar te nemen. Er was geen verschil tussen zien en voelen en proeven en horen en ruiken. Er was alleen maar *zijn* en *waarnemen*.

'Dit is ongelooflijk!' zei ik telepathisch tegen mijn overgrootvader, het voelde veel natuurlijker dan praten met mijn stembanden ooit had gevoeld. Praten was net zo eenvoudig als denken, en ik hoefde me geen zorgen te maken over woorden die mijn gedachten verduisterden.

'Ja, dat is zo. Dit is pure energie. De essentie van het leven zonder de beperkingen van de materiële wereld. De materiële wereld heeft veel voordelen, maar er is niets dat vergelijkbaar is met de directheid van het zielenniveau. Filosofen schrijven al heel lang over het belang van leven in het nu, maar hier heb je echt geen keuze.'

'Dat is een ding dat zeker is.' Het was gemakkelijk te begrijpen wat hij bedoelde. Alles was voortdurend in beweging, en ik werd gedwongen om me bewust te zijn van elk moment dat me overkwam. Wat het langst duurde, was het wennen aan het gebrek aan privéruimte. De randen van mijn ziel overlapten met die van anderen, in het begin voelde dat een beetje claustrofobisch. Maar al snel voelde ik me beter, het was alsof ik in de zielenzee dreef, en de zee bestond uit vertrouwde lapjes stof die aan elkaar waren gestikt en samen een hele grote golvende quilt vormden.

Eerst was ik voorzichtig en bleef ik dicht bij mijn overgrootvader. Maar toen ik meer zelfvertrouwen kreeg, zwierf ik verder en verder bij hem vandaan voordat ik naar hem terugkeerde. Hoe meer ik wende aan het verblijf in de zielenwereld, hoe meer plezier ik had aan het gewoon bewegen. Omdat de zwaartekracht lang niet zoveel beperkingen oplegde als op de aarde, voelde ik me weer als een kind dat op sokken over de parketvloer van mijn tante gleed. Omdat er natuurlijk geen wrijving was van mijn sokken (of van mijn voeten), kon ik door de zielenzee glijden, kilometers lang leek het, zonder af te remmen.

Na een glijpartij die echt heel lang duurde, kwam ik erachter dat ik niet af kon remmen en voelde ik echt dat ik heel snel ver bij mijn overgrootvader vandaan gleed. Ik riep naar hem... net voordat ik het duistere wezen herkende dat heel snel dichterbij kwam. Op het moment dat ik voelde wat er gebeurde, begon het me snel naar zijn duistere kern te trekken. Ik draaide in cirkels rond terwijl de duistere energiekoorden zich rond mijn ziel wikkelden en me dichterbij trokken. Gelukkig verscheen mijn overgrootvader en hij nam de leiding op zich.

'Scott, bescherm jezelf met je witte licht! Je hebt het licht laten doven en je hebt geen bescherming!'

Ik keek naar beneden en zag dat hij gelijk had: mijn licht was helemaal uitgedoofd. Ik probeerde het vanbinnen op te roepen, maar door mijn paniek kon ik me niet goed concentreren.

'Ik kan het niet!' schreeuwde ik. 'Het werkt niet!'

'Je moet rustig worden en ontspannen. Je hebt je kracht

nog steeds in je. Denk aan wat we geoefend hebben en laat het komen.'

Het opmerkelijke was dat ik me inderdaad kón ontspannen toen ik me richtte op het vertrouwen dat mijn voorouders in mij hadden. Mijn overgrootvader leerde me veel vaardigheden, maar zijn onvoorwaardelijk vertrouwen in me gaf me meer kracht dan ik ooit voor mogelijk had gehouden. Binnen enkele seconden vulde mijn ziel zich met een golf van kalmte, en er was het bekende gevoel van mijn innerlijke licht dat me beschermde met een witte bubbel om me heen. Zo gauw de bubbel vaste vorm begon te krijgen, voelde ik hoe ik van mijn koers af stuiterde, weg van de duisternis. Mijn overgrootvader volgde me op de voet, en toen we uiteindelijk ver van het gevaar stilstonden, gaf hij me nog een laatste goede raad.

'Je moet onthouden dat je de bescherming regelmatig controleert totdat het een tweede natuur is geworden. Eerst is het gemakkelijk om je dekking te laten zakken en te vergeten dat je het licht op sterkte moet houden, maar na een tijdje wordt het gewoon een onderdeel van jezelf. Maar zoals je kunt zien, is het hier erg glad, en fouten die je maakt zullen eeuwig duren.'

Zelfs na de angstaanjagende gebeurtenis wilde ik steeds meer tijd doorbrengen in de zielenwereld, en de terugkeer naar het bewustzijn was veel minder interessant dan daarvoor. Ik ging mijn huis niet uit tenzij dat echt nodig was, en ik merkte dat ik minder interesse had in andere mensen die vastzaten in hun fysieke lichamen. Ik wist dat Robert en Martika waarschijnlijk wel zouden begrijpen wat ik doormaakte, maar ik wilde niet zo lang in de fysieke wereld blijven dat ik ze op kon zoeken. Het leven op de aarde leek zo archaïsch met mijn minuscule zintuiggaatjes die maar een heel klein gedeelte van de wereld om me heen doorlieten, en ik vond de fysieke manifestatie van lichamen heel erg plomp en stijlloos.

Ik begon alles wat het aardeniveau te bieden had saai te vinden, en ik vond het werkelijk heel vervelend toen ik brieven begon te ontvangen met herinneringen omdat ik niet aan de financiële verplichtingen voldeed die vastzaten aan een 'prettig' leven in de materiële wereld. Een gedeelte van mij wilde een verantwoordelijke burger blijven, maar ik kon maar niet ophouden met het denken over de andere kant als ik weer belast was met bewustzijn.

Nadat ik was teruggekeerd naar de zielenwereld, begon ik veel gerichter mijn omgeving te verkennen. Ik werd ontzettend gefascineerd door de andere zielen waar ik voortdurend contact mee had, hoewel ik elke keer dat ik met ze probeerde te communiceren merkte dat het bijna onmogelijk was. De gedachten van iedereen waren net zo tastbaar als al hun andere delen, maar ze waren allemaal met elkaar vermengd, en het was moeilijk om het een van het ander te onderscheiden. Het was alsof je in een grote groep mensen probeerde te luisteren naar gefluister terwijl je naast een waterval stond.

Vanaf het begin vond ik het gemakkelijk om af te stemmen op mijn overgrootvader doordat ik zijn energie al kende; maar zielen die ik niet kende vormden een veel grotere uitdaging. Mijn overgrootvader legde uit dat het probleem was dat ik op aarde gewend was aan multitasking, daar was ik voortdurend bezig om tegelijkertijd verschillende dingen te doen om tijd te besparen. Op het zielenniveau was alles dat ooit had bestaan volledig toegankelijk en voortdurend in beweging, het was dus niet mogelijk om je op meer dan één ding tegelijkertijd te concentreren zonder dat je overweldigd werd.

Met zijn hulp leerde ik om volledig aanwezig te zijn, en toen me dat lukte, had ik zulke diepzinnige gesprekken, zelfs als ik gewoonweg hallo had gezegd, dat had ik nog niet eerder meegemaakt. Ik kon voelen dat iedereen volledig gehoord wilde worden, en realiseerde me al heel snel dat ik het meeste wat om me heen gebeurde had gemist doordat ik voortdurend aan het multitasken was en mijn aandacht niet richtte op datgene wat er werkelijk gebeurde.

Na een tijdje voelde ik me al veel prettiger wanneer ik tijd doorbracht op het zielenniveau, en hoe vaker we terugkeerden, hoe drukker het werd. Na de vijfde keer waren er zoveel zielen dat het bijna onmogelijk was om je te bewegen.

'Dit is een populaire plaats aan het worden,' merkte ik op.

'*Jij* bent populair,' zei mijn overgrootvader. 'De zielen komen van ver uit de zielenwereld om dicht bij jou in de buurt te zijn.'

'Waarom ben ik zo bijzonder? Komt het doordat ik hier nieuw ben?'

'Gedeeltelijk, maar de belangrijkste reden is dat jij omringd wordt door wit licht. Jouw energie zorgt ervoor dat ze zich goed voelen, en ze willen er dichtbij zijn.'

'Maar ze kunnen zichzelf ook omringen met hun eigen witte licht. Weten ze niet dat ze het ook in zich hebben?'

'Jammer genoeg niet. De meeste mensen denken dat geluk vanbuiten komt, en hier is dat net zo. Het is een van de grote tragedies van het leven, en de reden waarom zovelen tijdens het grootste gedeelte van hun leven geen vreugde kennen.'

'Maar het is zo gemakkelijk. Je zou ze moeten leren hoe ze het moeten doen, net zoals jij het mij hebt geleerd.'

'Dat is niet mijn bestemming. Ik wil jou graag helpen met alles wat je nodig hebt, maar ik ben niet geïnteresseerd in het helpen van iedereen. Misschien is het wel jouw weg.'

Op dat moment kwam een kleine ziel dichterbij en toen deze tegen me aan zweefde, kon ik zijn levensgeschiedenis voelen. Hoe meer tijd ik doorbracht in de zielenwereld, hoe langer ik mijn aandacht kon richten op een bepaalde ziel en hoe beter ik zijn energie kon lezen. Het was alsof ik het in mijn innerlijk wist, en hoe opener de ziel was, hoe meer ik kon voelen. Het leek raar dat ik kon voelen dat een ziel klein of groot was, oud of jong, gelukkig of verdrietig, maar dat kon ik. Ik voelde dat ik het wist, en ik wist het zekerder dan alles wat ik *dacht* dat ik op aarde had geweten.

De kleine ziel behoorde toe aan een kleine jongen die zijn ouders had verloren door brand in een huis. Nadat hij tussen verschillende akelige pleeggezinnen heen en weer was geschoven, stierf hij op de jonge leeftijd van zeven jaar nadat hij midden in de winter longontsteking had gekregen. Hij was de weg kwijt en was bang, en begreep niet waarom hij hier was.

'Hoe heet je?' vroeg ik.

'Tamlin.'

'Tamlin, je hoeft niet bang te zijn. Wil je jezelf omringen met wit licht, zoals dat van mij?'

'Jawel.'

'Het geheim is dat je het licht al in je hebt. Denk goede dingen en onthoud dat je ouders van je houden. Ze geven nog steeds om je en willen dat je gelukkig bent.' Ik wist niet waar mijn woorden vandaan kwamen, maar toen ik ze liet stromen leken ze hem troost te bieden.

Langzaam begon er een wit licht op te flakkeren in de ziel van Tamlin. Eerst was het kleiner dan een zandkorrel, maar het werd geleidelijk aan groter. Instinctief reikte ik naar binnen en moedigde het licht voorzichtig aan totdat het fel genoeg was geworden om hem te omringen. Zijn ziel begon lichter en gelukkiger te worden totdat veel van het verdriet was vervaagd. Binnen heel korte tijd kwamen zijn ouders tevoorschijn uit het publiek en ze omhelsden hem.

'Waar waren jullie?' vroeg het jongetje, zijn ziel straalde boosheid en opgetogenheid uit.

'We hebben je overal gezocht,' zei zijn moeder. 'Op aarde was je altijd een lichtbaken voor ons, maar we konden je niet vinden hoewel we wisten dat je hier ergens was. Toen we jouw licht een paar seconden geleden zagen, wisten we dat we je eindelijk hadden gevonden.'

'Ik denk dat je me hier niet meer nodig hebt.' Mijn overgrootvader glimlachte terwijl hij begon te vervagen. 'Roep me als ik iets voor je kan doen.'

Ik bracht steeds meer tijd door in de zielenwereld en hielp zoveel zielen als ik maar kon. Het voelde heel natuurlijk en ik had het gevoel dat ik deed waarvoor ik was geboren. Ik bezorgde heel veel zielen vreugde en geluk, en ik merkte dat wat ik deed echt verschil uitmaakte. Het was een immens krachtige ervaring, en telkens als ik terugkeerde wachtten er meer beschadigde zielen op me om beter gemaakt te worden. Ik had eindelijk het doel gevonden van mijn ziel, en dat ik in staat was om zoiets zinvols te doen leverde heel veel voldoening op.

Zo nu en dan ving ik een glimp op van Cheryl, maar

ze hield afstand en wuifde alleen maar naar me. Het was leuk om haar weer te zien, maar het was geen obsessie meer voor me zoals het eerder wel was geweest. Ik vond het prima om haar met rust te laten, en ik wist dat ze wel naar mij toe zou komen als ze er klaar voor was. En toen ik meer tijd ging doorbrengen in de onderbewuste wereld begon ik een klein meisje te herkennen dat vaak dicht bij de rand van de klif naar de zielenwereld stond. Haar energie kwam me bekend voor, maar ik kon me niet herinneren waar ik haar eerder had gezien.

Na een tijdje begon ik er naar uit te kijken om haar te zien, en we glimlachten naar elkaar als we elkaar zagen. Eerst wist ik niet zeker of ze duister of licht was omdat haar energie zo krachtig was, maar naarmate de dagen vorderden voelde ik dat ze vriendelijk was. Ten slotte raapte ik de moed bij elkaar om haar te vragen wie ze was.

'Hoi,' zei ik uiteindelijk tegen haar.

'Hallo,' zei ze nuchter.

'Wie ben je?'

'Ik heet Herfst. Ik ben je dochter.'

Daarna giechelde ze heel speels en vlak voor mijn ogen veranderde ze in een helderblauwe libel en zweefde ze op ongeveer 5 centimeter voor mijn neus. 'Jij bent mijn dochter?' riep ik uit terwijl ik stomverbaasd in de ogen van de libel staarde.

En boven het geluid van het flapperen van haar doorschijnende vleugels hoorde ik haar nog een keer giechelen terwijl ze in een flits wegschoot.

12

Nadat ik voor het eerst met Autumn had gesproken, kwamen er heel veel vragen in me op: *Wanneer wordt ze geboren? Hoe lang wacht ze al op me?* En de belangrijkste: *Als ik haar vader ben, wie is dan haar moeder?*

Ik zag haar nog een paar keer in dromenland, maar ik voelde haar aanwezigheid steeds vaker als ik kort terugkeerde naar het bewustzijn voor eten, water en wc-bezoek. Het was alsof ze zich aan het voorbereiden was om te worden geboren en aan het onderzoeken was waar het allemaal om draaide op het materiële vlak.

Op een avond toen ik heel ongewoon de hele avond op aarde doorbracht, zat ik buiten op mijn veranda en keek hoe de maan opkwam en voor de mooiste schaduwen zorgde die ik ooit had gezien op de bomen van de achtertuin. En toen de maan voluit scheen voelde ik dat Autumn vlakbij was, het was een vertrouwd gevoel. Toen ik om me heen keek, zag ik dat het maanlicht en de schaduwen waren samengekomen in de vorm van een reusachtig konijn in de kronkelige takken van de grote pruimenboom.

'Autumn?' vroeg ik hardop. 'Ben je daar?'

De oren van het konijn begonnen te bewegen alsof ze naar me zwaaiden, en net op het moment dat ik mezelf ervan had overtuigd dat het mijn verbeelding was, merkte ik dat het helemaal windstil was. Ik voelde zelfs niet een licht briesje in de warme zomerlucht, en de takken om het konijn heen bewogen helemaal niet terwijl het konijn met zijn oren bleef zwaaien.

Ik voelde duizenden vlinders in mijn buik, ik werd er duizelig van, en ik keek bijna een halfuur lang naar het dansende konijn in de takken van de pruimenboom. Toen mijn aandacht begon te verslappen, voelde Autumn dat en ze veranderde onmiddellijk in een elegante zwaan die leek te drijven op de weerspiegeling van het zilveren maanlicht. Daarna zorgde ze voor een ingewikkelde voorstelling van verschillende dieren die de een na de ander dansten in de boom. Zwanen veranderden in giraffes. Giraffes werden ijsberen. IJsberen veranderden in kippen. Kippen werden katten. Ik was onder de indruk van haar creativiteit en vindingrijkheid, maar met haar speelsheid en echte onschuld stal ze pas echt mijn hart.

Tegen die tijd was het zo dat hoe meer tijd ik in de zielenwereld doorbracht, hoe minder eten ik nodig leek te hebben. Maar zelfs met mijn spaarzame maaltijden, raakte ik uiteindelijk door mijn voorraad zilvervliesrijst en rooibosthee heen. Voor de eerste keer nadat ik tijd was gaan doorbrengen in de zielenwereld moest ik de materiele wereld weer in gaan om mijn voorraden aan te vullen. Hoewel ik echt nerveus werd omdat ik weer contacten met andere mensen aan zou moeten gaan, keek ik ernaar uit om mijn nieuws aan Robert te vertellen en ik hoopte dat hij me zou vertellen hoe hij tegen Autumn aankeek.

Nadat ik me mentaal had voorbereid, trok ik instinctief een overhemd met lange mouwen aan, zette een hoed op en een zonnebril om mezelf te beschermen tegen de buitenwereld en ging naar de supermarkt. Deze keer wist ik zeker dat Robert er zou zijn en ik vroeg me af of zijn bordje me antwoorden zou geven.

Zonder hem gedag te zeggen liep ik naar hem toe en las ik de tekst op zijn bord hardop voor.

'Zeg eens eerlijk,' zei ik schertsend. 'Jij maakt die bordjes toch voor mij?'

'Natuurlijk niet.' Volgens mij zag ik uit mijn ooghoeken dat Robert knipoogde naar pup Don. 'Je weet het wel als een bordje voor jou is bedoeld.'

'Waar haal je al die gezegdes vandaan?'

'Ze worden aan mij gegeven door degenen die moeten worden gehoord. En ik leg ze vast voor degenen die het moeten horen. En soms betreft het een en dezelfde persoon.'

'Ik begrijp het.' Ik vroeg me stilletjes af of hij ooit iets had opgeschreven wat ík had gezegd. Daarna vertelde ik hem wat er met mij was gebeurd, ik hoopte dat hij me meer zou kunnen vertellen.

'Je hebt dus eindelijk Autumn ontmoet?' vroeg Robert nadat ik was uitverteld. 'Wat vond je van haar?'

'Ze is behoorlijk speels!'

'Ja, dat is ze zeker.' Hij lachte.

'Ken je haar?'

'Ik ontmoette haar tijdens het terughalen van jouw ziel.'

'Waarom heb je me dat niet verteld?'

'Ik denk niet dat je het had aangekund als ik je toen had verteld over je ongeboren dochter. Het was al een behoorlijk drukke dag.'

'Ja, ik denk dat je gelijk hebt.'

'Het ziet er naar uit dat je veel tijd hebt doorgebracht aan de andere kant.'

'Dat is waar. Hoe weet je dat?'

'Omdat je nu op dit moment helemaal buiten je lichaam zit. Minstens 60 cm boven en 30 cm links van je lichaam. Terwijl je op aarde bent, moet je proberen om geaard te blijven want anders heb je geen keuze.'

'Geen keuze om wat te doen?'

'Om te beslissen waar je gaat leven. Wil je op deze planeet leven of op het zielenniveau?'

'Waarom moet ik kiezen? Kan ik niet gewoon doorgaan met op bezoek gaan?'

'Volgens mij heb je meer gedaan dan alleen maar op bezoek gaan.'

'Ik voel me gewoon zo krachtig als ik daar ben. En ik help echt heel veel zielen om beter te worden. Mijn leven lijkt zoveel betekenisvoller in de zielenwereld. Het is alsof ik ervoor gemaakt ben om anderen te helen.'

'Ja, je hebt een gave. Maar die zal altijd bij je zijn. Het leven op deze planeet is ook een gave, en je hebt hier ook veel te doen. Het is jouw keuze en je hebt geluk dat je nog een kans krijgt om de beslissing te nemen.'

'Bedoel je dat het niet de eerste keer is dat ik moet kiezen?'

'Iedereen moet dezelfde keuze maken direct nadat hij of zij is geboren. Zielen gaan naar binnen in hun lichamen in de baarmoeder, en meestal blijven ze daar tot de geboorte. En als ze worden geboren moeten ze beslissen of ze klaar zijn om de beperkingen van het leven hier aan te kunnen. De weinigen die hier niet willen zijn, beslissen dat ze willen vertrekken, en dat is wat we gewoonlijk wiegendood of SIDS noemen.'

'SIDS?'

'"Sudden Infant Death Syndrome". Het is een vreemde benaming omdat het helemaal niet "sudden" (plotseling) is. De verandering is plotseling maar het kan vele weken duren voordat het besluit wordt genomen. Dat is het belangrijkste wat we doormaken zo gauw we in deze wereld worden geboren: beslissen of we er klaar voor zijn om te worden beperkt door deze lichamen om zo het leven hier te ervaren.'

'Maar waarom zou iemand hier willen leven? Er zijn zoveel dingen fout met deze wereld. En deze lichamen hebben zoveel beperkingen als je ze vergelijkt met het zielenniveau.'

'Omdat er heel veel ervaringen en lessen zijn die je alleen maar hier kunt opdoen en waarvan je kunt leren.'

'Zoals wat?'

'Kinderen krijgen bijvoorbeeld.'

Ik moest weer aan Autumn denken en ik begon me af te vragen hoe het zou zijn als ik vader zou worden. Er was iets heel diep binnen in mij dat voor haar wilde zorgen en haar alles wilde leren over het leven op deze planeet. En dat gevoel was heel sterk, ik had bijna nog nooit eerder iets zo graag gewild.

'Waarom kan ik niet in beide plaatsen leven, zoals ik heb gedaan?'

'Omdat je lichaam dat niet aankan. Hoe meer tijd je daar doorbrengt, hoe minder aandacht je aan je lichaam zult besteden, en uiteindelijk zal je lichaam sterven. Hoe lang denk je dat het geleden is sinds je voor het laatst je appartement hebt verlaten?'

'Ik weet het niet.... misschien een week geleden?'

'Het zijn er eerder drie. Kijk eens naar jezelf. Je bent misschien wel vijftien tot twintig pond afgevallen. Je ziel zweeft boven je lichaam als een heliumballon en je broek zakt bijna af tot op je enkels.'

'Ja, ik zou wat meer moeten eten, maar ik denk niet dat het drie weken zijn geweest.'

'Kijk hier eens naar,' zei hij en hij liet me een krant zien.

De datum die erop stond was 10 september. Daar schrok ik van. Het was al bijna vijf weken geleden dat ik naar Martika's feestje was geweest. Dat was een verklaring voor de stapels aanmaningen en dreigementen van de gas-, water- en elektriciteitsbedrijven die nauwelijks meer in mijn brievenbus pasten.

'Je moet kiezen,' herhaalde hij, en deze keer drongen zijn woorden tot in mijn wezen door.

'Maar hoe zit het met Autumn? Wat gaat ze doen als ik niet blijf?'

'Ze redt zich wel. Autumn is een krachtige ziel, wat je ook kiest, met haar zal het wel goed gaan. Ze heeft veel opties, je hoeft je over haar geen zorgen te maken. Dit is niet de eerste keer dat ze hier is, en ze weet wat ze doet. Maar jij zal een van de meest onvergetelijke vreugdevolle gebeurtenissen van het universum niet meemaken als je het besluit neemt om nu te vertrekken. Jouw werk aan de andere kant zal er altijd zijn, maar de vreugde van kinderen is een hele bijzondere kans die je niet elke dag krijgt.'

'Wanneer zal ik haar moeder ontmoeten?'

'Nadat je ziel heeft besloten om te blijven. Ga nu naar de winkel en koop wat eten voor jezelf. Je ziet eruit alsof je elk moment flauw kunt vallen.'

Ik sloeg een voorraad zilvervliesrijst en rooibosthee in en nadat ik Robert en pup Don gedag had gezwaaid, liep ik over de vertrouwde weg de heuvel op naar mijn appartement. Toen ik bijna halverwege was, zag ik drie libellen die me leken te volgen. Ze kwamen me heel bekend voor, vooral de twee die het dichtst bij me waren. Ik was ondertussen al gewend geraakt aan de spelletjes van Autumn en ik ging er natuurlijk van uit dat ze een van de drie was.

'Goed, Autumn, wie zijn je twee vrienden?' Ik was eraan gewend om hardop tegen haar te praten, welke vorm ze dan ook maar had. Ik stond stil, midden op straat, en de drie libellen begonnen boven me te cirkelen. De route die ze volgden kwam steeds dichter bij de bovenkant van mijn hoofd totdat het voelde alsof ik een libellenkroon droeg en ik hun libellenkoning was. En in mijn hart wist ik het. Een onuitgesproken antwoord op mijn vraag dat luider was dan welke woorden ook die uitgesproken kunnen worden: *papa en mama*.

13

De anderhalve week daarna besteedde ik aan het nadenken over de belangrijkste beslissing die ik ooit in mijn leven zou moeten nemen. Ik had eindelijk ontdekt wat het doel was van mijn ziel en ik was erachter gekomen dat ik er erg goed in was. Maar ik moest beslissen of ik mijn roeping in de zielenwereld moest volgen of mijn ongeboren dochter op zou gaan voeden.

Hoe langer ik erover nadacht, hoe meer ik voelde dat elke beslissing de juiste was. Ik wist dat mijn werk nog steeds op me zou liggen wachten nadat ik klaar was op deze planeet, en mijn gevoel vertelde me dat Herfst het zou begrijpen als ik zou doorgaan met mijn reis voordat ik de kans zou hebben om haar in deze dimensie te zien. En hoewel het een eer was dat ze mij had gekozen, moest ik doen wat goed voor mezelf was omdat ik het haar niet kwalijk wou nemen als ik zou besluiten een gezin te stichten uit plichtsbesef.

Ik wilde Autumn vragen wat zij vond dat ik zou moeten doen, maar ze was helemaal gestopt met de bezoeken aan mijn dromen. Ik kon haar aanwezigheid in de materiële wereld voelen, maar ik voelde ook dat ze wilde dat ik mijn eigen besluit zou nemen.

Ik probeerde ook meer tijd op aarde door te brengen en te zorgen voor mijn lichaam zodat ik een evenwichtige beslissing kon nemen. Het was niet gemakkelijk om weer regelmatig te eten maar het moeilijkste was het negeren van de zielen die op mij wachten. Ik voelde hoe ze riepen en wist dat ik ze kon helpen, maar ik wist ook dat ik snel moest beslissen of ik Herfst naar deze wereld wilde brengen.

In de schemering van de avond van de volgende volle maan werden mijn overpeinzingen onderbroken doordat iemand op mijn voordeur klopte. Toen ik de deur opendeed, zag ik een magere kale man die op een monnik leek in een wit gewaad en met een gevlochten rode ketting rond zijn hals. Aan zijn voeten lag een zwarte pup die veel op het maatje van Robert leek.

'Pup Don?' vroeg ik.

Toen hoorde ik de herkenbare stem van Robert, hoewel die veel zachter en zwakker was dan normaal: 'Ja Scott, wij zijn het. Mogen we binnenkomen?'

Mijn ogen gingen omhoog over het witte gewaad naar zijn gezicht, en ik viel bijna achterover toen ik hem in zijn ogen keek.

'Robert, ben jij het?'

'Natuurlijk ben ik het. Wie dacht je dan?'

'Je haar....' Ik deed een stap opzij en gebaarde dat ze binnen moesten komen.

'Ja, mijn haar is geknipt.'

'En je hebt je geschoren,' zei ik, daarbij benadrukkend wat al duidelijk was. 'Je ziet er echt heel anders uit zonder haar.'

Binnen in mijn appartement gingen we aan de tafel zitten in de kleine eetkamer tussen de keuken en de woonkamer. Nadat ik de lamp boven de tafel had aangedaan, keek ik naar beneden naar pup Don en ik zag dat hij een gevlochten rode halsband had die paste bij de ketting van Robert. Instinctief boog ik naar voren om hem beter te bekijken maar ik deinsde terug toen ik zag dat de halsband was gevlochten van het haar van Robert.

'Je hebt een ketting gemaakt van je haar?' Mijn gezicht vertrok, ik kon mijn afkeer niet verbergen.

Robert knikte eenvoudigweg terwijl hij bezig was om een dunne witte draad aan zijn ketting en de halsband van pup Don vast te maken. Het was kenmerkend voor de hond dat hij zich oprolde bij de voeten van mijn vriend en zijn ogen sloot. In het licht kon ik het gezicht van Robert veel duidelijker zien en ik zag dat hij kringen had onder zijn diepliggende ogen en de hoeken van zijn mond wezen naar beneden.

'Is alles goed met je?' vroeg ik. 'Je ziet er niet zo goed uit.'

Hij antwoordde met een zachte, krassende stem. 'Het ziet er naar uit dat de ziekte in dit lichaam al verder was gevorderd dan ik dacht,' hij pauzeerde lang genoeg voor een diepe trieste zucht, 'en ik zal het niet veel langer kunnen blijven gebruiken.'

'Wat bedoel je daarmee? Jij hebt me verteld dat een ziekte iets is dat je zelf in de hand hebt! Jij zei tegen me dat dat voor iedereen geldt! Wat zeg je nou? Je kunt nu niet weggaan!' Ik was in de war en ik was boos. Robert was de enige die wist wat ik allemaal doormaakte en ik was er nog niet klaar voor om zonder hem door te gaan.

'Jij weet niet eens of je op deze planeet zult blijven. En als je dat wel doet, zul je Herfst hebben. Je hebt me niet meer nodig.'

'Maar waarom kun je niet gewoon je lichaam beter maken? Je zei dat je dat kon.'

'Dat dacht ik, maar dit lichaam is al te ver heen. Bovendien is mijn werk in Ashland klaar. Je hebt me niet meer nodig.'

'Natuurlijk heb ik je nodig! Je kunt nu nog niet vertrekken.' Ik wist dat het zinloos was om te smeken, maar ik was wanhopig.

'Ik moet je om een grote gunst vragen,' zei Robert.

'Wat dan ook,' antwoordde ik terwijl ik de tranen van mijn wangen veegde.

'Jij moet voor Don gaan zorgen. Ik heb beloofd dat iemand voor hem zou zorgen zolang hij in deze vorm zit.'

'Maar, ik weet niet...'

'En als je besluit om verder te gaan,' onderbrak hij me, 'wil Martika ook wel voor hem zorgen. Deze week kan ze het niet doen omdat ze in San Fransisco is voor een seminar. Kun je wachten met je beslissing totdat zij terug is?'

'Natuurlijk.' Het was het minste wat ik kon doen na alles wat hij voor mij had gedaan.

'Heel erg bedankt. Dit betekent heel veel voor ons allebei.' Hij begon in zijn canvas tas te zoeken terwijl hij verder praatte. 'Ik wil je niet nog meer tot last zijn, ik ben al lastig genoeg.' Ik wilde hem geruststellen en zeggen dat hij niet lastig was, maar hij wuifde met zijn hand om me tot stilte te manen. 'Maar uit respect voor Don moet ik een ceremonie uitvoeren om het lichaam te eren dat hij aan mij heeft uitgeleend en om het leven te vieren dat we beiden in dit lichaam hebben geleefd.'

Ik werd met ontzag vervuld toen zijn woorden tot me doordrongen en ik begreep hoe belangrijk het was. En toen ik diep in zijn ogen keek, zag ik daarin iets wat ik er nog nooit eerder in had gezien: dankbaarheid. Onmetelijke dankbaarheid. Hij keek even naar beneden naar de slapende pup, en ik voelde mededogen, een schuld, die krachtiger was dan welk woord dan ook dat uitgesproken kon worden. En zo zacht fluisterend dat het nauwelijks verstaanbaar was, zei hij: 'Dank je wel.'

Ik kon niets meer zeggen en vergat bijna dat ik er lichamelijk bij aanwezig was. Hoewel ik me helemaal niet meer verbonden voelde met mijn lichaam hoorde ik mijn buitenstem zeggen: 'Natuurlijk.

'Wat maar nodig is.'

Robert glimlachte zachtjes terwijl hij voorzichtig een schitterend vel handgemaakt rijstpapier uit zijn tas haalde. Met beide handen legde hij het vel voor zich neer op de tafel. Het dooraderde crèmekleurige papier had een rand van frambozenrode bloemen en er scheen een dansend geel licht overheen dat in de stelen met gouden bladeren werd weerspiegeld. Hij haalde een lange witte veer tevoorschijn die aan één kant in een punt was gesneden, en een klein potje met ouderwetse zwarte inkt.

Met een lange houten lucifer stak hij ceremonieel de drie groene kaarsen die op mijn tafel stonden aan. Een van de kaarsen duwde hij langzaam naar mij toe zodat die voor me kwam te staan, een zette hij voor zichzelf neer en vol liefde plaatste hij de derde kaars op de grond naast pup Don. Toen de kaarsen brandden, gebaarde hij dat ik het licht moest dimmen, en nadat ik dat had gedaan, sloot hij zijn ogen en bleef hij meerdere minuten zitten zonder ook maar iets te zeggen. Het enige geluid dat de diepe stilte doorbrak was het rochelende geluid van zijn longen, hij kon alleen nog maar kort en oppervlakkig ademhalen.

Toen hij zijn ogen opende, pakte hij de veer en doopte de punt in het potje. Nadat hij het teveel aan inkt in het potje terug had laten druppelen, begon hij op het papier te schrijven met lange, nette halen. Vanuit de plek waar ik zat kon ik niet lezen wat hij schreef, maar ik kon wel zien dat zijn ogen geconcentreerder keken dan ik ze ooit eerder had gezien. Hij bleef heel intens doorschrijven, heel doelbewust, zo nu en dan moest hij even ophouden om zijn veer met inkt te vullen voordat hij verder kon schrijven. Toen hij klaar was, legde hij de veer voorzichtig weer terug op de tafel, en instinctief ging pup Don zitten en staarde naar hem omhoog, met beide oren gespitst.

Robert stond op van de stoel en met beide handen pakte hij het papier op en begon te spreken, zijn stem was voor het eerst die nacht helder en krachtig. 'Met deze Jisei, ons sterfgedicht, eer ik nederig het leven van Donald Newport en de reis die we beiden binnen dit waardige lichaam hebben gemaakt. Hoewel het vlees alleen maar een omhulsel is, heeft het ons beiden goed gediend en heeft het ons beschermd en gedragen tijdens vele belangrijke reizen tijdens dit leven.'

Toen knielde Robert voor pup Don zodat ze in elkaars ogen konden kijken en ging door: 'Ik sta voor eeuwig bij jou in het krijt voor je grootmoedige gift, en gedurende de volgende drie levens zal ik jouw dienaar zijn. Ik zal aan je zijde blijven en mijn leven aan jou geven, jij mag er mee doen wat je maar wilt.'

Daarna legde Robert het papier voor pup Don neer en legde hij zijn voorhoofd op de grond naast de pootjes van de pup. Pup Don keek naar het vel papier waar Robert op had geschreven, het leek alsof hij het las. Na een paar minuten likte hij de zijkant van Roberts gezicht en jankte hij zachtjes.

Robert stond langzaam op, pakte het papier en legde het voor mij neer voordat hij weer in zijn stoel ging zitten.

Toen ik naar het papier keek, werd ik overweldigd door de schoonheid van de kalligrafie. Elke haal van zijn pen had liefdevol het papier gestreeld en liet een onberispelijk inktspoor achter dat meer gemeen had met Japanse kunst dan met de eigen taal. Nadat ik de schoonheid van het schrift had bewonderd, begon ik langzaam de haiku te lezen, woord voor woord, zijn laatste woorden liet ik een voor een tot me doordringen:

Winterse sneeuwsjaal
die bomen wit bedekte
is nu weer water

Nadat ik de woorden voor de tweede keer had gelezen, welden er tranen op, een enkele traan ontsnapte en gleed van de brug van mijn neus op de laatste regel van het gedicht, de letters verdronken in een zwart plasje inkt. Ik keek naar Robert en de tranen bleven over mijn wangen stromen.

Robert pakte het papier en in hetzelfde gebaar hield hij een hoekje ervan in de vlam van de kaars totdat het papier ging branden. Pup Don en ik staarden gebiologeerd naar het brandende gedicht, en ik verwachtte dat Robert het papier zou laten vallen omdat de vlammen de haren op de rug van zijn hand begonnen te schroeien. Op het moment dat ik het eigenlijk niet meer kon aanzien, legde hij het brandende gedicht in een lichtgroen keramisch schaaltje dat hij uit zijn tas had gehaald. De vlammen kropen langzaam naar de randen van het papier en binnen een paar seconden doofde het vuur, er bleef alleen een zwartgeblakerd dun reepje papier over.

Opnieuw zocht Robert iets in zijn canvas tas en haalde er nog een ceremonieel gereedschap uit. Deze keer was het een klein zilveren schaartje. Dat gebruikte hij om de draad door te knippen op de plaats waar hij deze aan de halsband van Don had vastgemaakt en daarna daar waar de draad aan zijn eigen rode halsketting vastzat. Hij stopte de draad in zijn linkerhand en nadat hij de schaar in zijn tas had teruggelegd, liep hij rond de tafel en ging recht voor me staan. Instinctief stond ik op en duwde ik de stoel onder de tafel zodat er niets tussen ons in stond.

'Scott, jij bent nu de draad die Donald en mij verbindt,' zei Robert, hij had zijn krachtige, gezaghebbende stem weer terug. 'Of je nu op deze aarde blijft of doorgaat met je reis, jij bent nu de schakel die onze verbinding in stand houdt. En tijdens het volgende leven zou het voor Donald en mij een eer zijn als je deze verantwoordelijkheid wilt blijven dragen en onze gids wilt zijn. Jouw zienersgave zal in de komende seizoenen zelfs nog krachtiger worden, en je zult ons onmiddellijk kunnen herkennen, wat voor vorm we dan ook maar hebben aangenomen. Scott, aanvaard je deze verantwoordelijkheid?'

Hoewel ik niet wist wat ik de volgende week zou gaan doen, en al helemaal niet hoe mijn volgende leven zou zijn, had ik het gevoel dat ik bij Robert in het krijt stond en ik wilde hem iets teruggeven op welke manier dan ook. Ik wist absoluut niet wat het in zou houden, maar als Robert vertrouwen in me had, was het waarschijnlijk iets wat ik wel zou kunnen doen.

'Ik zou het een eer vinden,' zei ik uiteindelijk, en nadat ik dat had gezegd, sloot hij zijn handen om die van mij en stopte voorzichtig de draad in mijn handpalm.

Toen mijn vingers zich rond de dunne witte strengen klemden, werden die steeds warmer totdat ik voelde hoe de draad pulseerde door de energie van Robert en pup Don. Het was heel vertrouwd, en ik voelde me deemoedig omdat ik zo'n heilig reliek van hun verbond mocht vasthouden. Ik wist wel dat de liefde tussen anderen werkelijk bestond, maar dit was de eerste keer dat ik de energie van werkelijke liefde met mijn handen kon voelen.

Toen ik opkeek stond Robert voor zijn kaars met zijn handpalmen tegen elkaar gedrukt en met gebogen hoofd. 'Ik moet nu gaan,' zei hij terwijl hij zich naar de kaars toe boog en deze uitblies. Toen de vlam was gedoofd, was het licht in de kamer met meer dan de helft verminderd. Er waren nog steeds twee brandende kaarsen, maar zijn kaars had veel feller gebrand dan de andere en we misten hem nu al heel erg.

'Waar word je de volgende keer geboren?' Ik begon onbedwingbaar te trillen.

'Ik weet het niet zeker. Waarschijnlijk in Cassadaga. Er is daar een pientere schrijver die miljoenen harten zal veranderen.'

Ik wist niet waar Cassadaga lag, maar ik wist wel dat het niet in de buurt was. 'Wanneer vertrek je?'

'Vannacht,' zei hij en met zijn glimlach brak hij mijn hart. 'Pas goed op, Scott.'

En na die woorden trok hij de deur achter zich dicht. Ik keek door het raam hoe hij de straat uit liep en de hoek omsloeg, en ik werd door een golf van verdriet overmand.

Meteen nadat hij was vertrokken kwamen de tranen weer op volle kracht terug, en toen de overgebleven kaarsen waren opgebrand, zag ik de volle maan zweven buiten mijn raam. Ik was van plan geweest om die nacht gebruik te maken van de maanenergie om me te helpen bij mijn besluit over Herfst maar ik kon het niet meer opbrengen. In het licht van dat wat er net was gebeurd leek mijn besluit zinloos. Daarom rolde ik theatraal het rolgordijn naar beneden zodat het zilveren licht niet meer in mijn kamer kon doordringen.

Toen ik in mijn bed kroop, rolden de tranen over mijn wangen naar mijn mondhoeken en lieten ze een zoutige aanslag achter op mijn tong. Op dat moment haatte ik alle aspecten van de materiële wereld met al zijn lastige beperkingen, en ik wilde alleen maar vertrekken. Maar ik had Robert beloofd dat ik voor pup Don zou zorgen, in ieder geval totdat Martika terug was. Als ik die verplichting niet op me had genomen, zou ik werkelijk op dat moment het besluit hebben genomen om naar de zielenwereld te vertrekken en nooit meer terug te komen.

14

Toen ik de volgende ochtend wakker werd, had ik een veel beter humeur, en tot mijn verrassing merkte ik dat ik mijn eetlust weer terug had. Voor het eerst in weken voelde ik me uitgehongerd en ik besloot om een wandeling met pup Don te maken zodat ik voor mijn ontbijt een burrito kon kopen bij de kiosk dicht bij het park. Nadat ik eten had gekocht, liep ik met hem het park in en merkte dat het weer aan het veranderen was. De lucht was een beetje kil, een voorbode van het komende seizoen, en ik was verbaasd toen ik zag hoe anders de bladeren eruitzagen.

Ik was al een paar weken niet in het park geweest en terwijl we over het pad met de houtsnippers liepen, bewonderde ik de schitterende oranje en gele tinten die de takken boven me versierden. Het park zat barstensvol kleuren, de herfst was duidelijk druk bezig. En toen we dicht bij de beek kwamen, zagen we de gevallen bladeren die op het glinsterende water dreven als luie kano's.

Die ochtend dacht ik de hele tijd aan Robert en alles deed me ook aan hem denken. Ik merkte dat ik naar de bovengrondse wortels en de stam van een grote eik keek, en zag hoe de vergeelde bladeren zich losmaakten van de takken die ze maandenlang veilig hadden vastgehouden. Ze zweefden elegant naar de grond zodat ze dicht bij hun onlangs overleden vrienden zouden zijn. Ik dacht na over de nederige gratie waarmee Robert de avond daarvoor was vertrokken en ik voelde me vereerd dat ik getuige had mogen zijn van een dergelijke diepgaande ceremonie.

Terwijl ik keek hoe de bladeren op de grond vielen, aaide ik instinctief de oren van pup Don en ik raakte met mijn vingers de gevlochten halsband rond zijn nek. Ik begon bijna weer te huilen omdat de emoties van de vorige avond weer opwelden, maar ik dwong mezelf heel snel om me dankbaar te voelen dat onze wegen zich hadden gekruist, het maakte niet uit dat het maar voor even was. In korte tijd had Robert heel veel invloed op me gehad, en mijn gevoel zei me dat ik hem in de toekomst weer zou ontmoeten.

Ik wist nu niet meer zo zeker of ik op aarde wilde blijven of naar de zielenwereld zou vertrekken. Ik had het geluk dat ik wist wat mijn werk in de zielenwereld zou zijn en ik wist ook dat ik gezegend zou worden met een gezin als ik op aarde bleef. Maar ik wist niet zeker welke van de twee belangrijker was in het grote plan van het universum. Als ik alleen van mijn eigen diepste gedachten uitging was ik er zeker van dat Herfst spiritueel veel krachtiger zou zijn dan ik ooit hoopte te worden. Maar de vraag bleef hetzelfde: *Hoe kan ik met mijn leven de meest positieve impact hebben?*

Toen we langs de kleinere eendenvijver waren gelopen zag ik de tas met het trekkoord van Robert liggen op een stapel bladeren onder een kleine esdoorn. Die had hij vast in het park achtergelaten voordat hij de vorige avond was vertrokken. Ik kon het niet laten om de tas op te rapen en al snel maakte ik instinctief het koord los en keek erin. Er zaten verschillende kartonnen bordjes in, beschreven met Roberts kenmerkende handschrift. Het waren er zeven in totaal. Ik haalde ze er een voor een uit en legde ze netjes neer op het grasveld voor me. Elk bordje was bijna identiek aan de volgende, in het midden zweefde een enkel woord:

Ja.

'Typisch!' riep ik hardop terwijl ik de bordjes allemaal aan beide kanten bekeek, ik hoopte tevergeefs dat er nog ergens een woord was verborgen. Robert had mijn vragen nooit rechtstreeks beantwoord en zelfs nadat hij was vertrokken, was hij nog net zo cryptisch.

Ik ging op het gras zitten met de zeven kartonnen bordjes om me heen, en ik hoorde de stem van Robert die fluisterde: *'Als jij je hart vult met ja zul je de juiste beslissing nemen.'* Ik draaide me om en verwachtte dat ik nog een keer diep in zijn waterblauwe ogen kon kijken, maar er was niemand in de buurt. Ik keek naar pup Don. Zijn oren stonden recht overeind en hij was helemaal wakker, dat was voor het eerst sinds Robert de vorige avond was vertrokken.

Plotseling kwam er een laagvliegende raaf van achter ons, hij maakte een bocht. Terwijl het geluid van de klapperende vleugels langs ons schoot sprong pup Don op en ging achter de vogel aan. Ik had de pup nog nooit zo snel zien bewegen. Ik rende achter hem aan, en toen ik de hoek omging, zag ik hoe hij naar een vrouw met lang blond haar holde die een lichtblauwe lange trui droeg. Toen ik dichterbij kwam, herkende ik haar. Het was Madisyn, met een y, van het feestje van Martika.

'Hoi!' zei ik.

'Hallo, maanjongen. Je pup is echt heel erg schattig,' zei ze terwijl ze voorzichtig de zijkant van zijn kop aaide. 'Hoe heet hij?'

'Don.'

Ze fronste. 'Hij vindt die naam niet meer leuk. Hij heeft een naam nodig die veel karakteristieker is. Wat vind je van Onyx? Vind je dat leuk, Onyx?'

Onyx sprong in haar armen en begon haar gezicht te likken terwijl hij met zijn staart kwispelde om aan te geven dat hij het met haar eens was.

'Volgens mij vindt hij het wel leuk,' lachte ik. En toen ik naar de gretige pup keek, zag ik dat hij er anders uitzag. Er ontbrak iets.

'Hij is zijn halsband kwijt.' Ik probeerde rustig te blijven, maar kon mijn paniek niet helemaal verbergen toen ik op de grond begon te zoeken naar de rode gevlochten halsband.

'Hij heeft geen halsband nodig,' zei Madisyn met een glimlach. 'We weten allemaal wie hij is, toch, Onyx?'

Onyx kwispelde en blafte kort, hij leek gelukkig.

'Raak je al een beetje ingeburgerd in Ashland?' vroeg ik.

'Ja hoor. Ik heb een huis gevonden dat maar een paar straten van het park ligt en ik ben er weg van. Er is heel veel licht en het is fantastisch dat ik zo snel in het park ben. Ik ben fan van de natuur, en dat ik elke dag bij de bomen kan zijn, daar word ik erg blij van.'

We begonnen met zijn drieën op het pad te lopen, we genoten van de prettige stilte, alsof we elkaar allemaal al vele levens kenden. En om de een of andere reden voelde het alsof dat echt waar was. De zachte geluiden van de natuur vermengden zich moeiteloos met de geluiden van onze voetstappen en ik had voor het eerst in mijn leven het gevoel dat alles precies was zoals het hoorde te zijn, en zoals het altijd al *was*. We liepen door over de minder bekende paden verderop in het park en toen we een steile heuvel op liepen zagen we een grote boom die kortgeleden over het pad was gevallen.

Madisyn vond heel elegant de gemakkelijkste weg om erlangs te komen en zei heel gewoon: 'Er zijn geen rechte lijnen in de natuur.'

'Waar heb je dat gelezen?' vroeg ik, terwijl ik me afvroeg of zij Robert ook had gekend.

'Ik heb het nergens gelezen. Het was een visioen dat ik had toen ik een klein meisje was, het heeft me altijd na aan het hart gelegen.'

Uit het niets kwam een bekende helderblauwe libel uit de lucht vallen en landde op de gouden lokken van Madisyn. De libel hield op met het wapperen met haar vleugels en hield zichzelf in evenwicht met hele kleine elfenpootjes bij elke stap die ze zette.

'Je hebt een elfje op je hoofd,' glimlachte ik.

'De elfen zijn mijn vriendjes.' Ze lachte terwijl ze haar wijsvinger uitstrekte en die naar haar hoofd bracht zodat de libel erop kon klimmen. De libel klauterde op haar vinger en Madisyn hield haar wijsvinger tussen ons in zodat we het beestje beter konden bekijken. De libel bleef eventjes poseren en vloog toen snel omhoog naar de bomen.

Terwijl Madisyn langs een open plek in het bos liep, vielen lichtstralen door de bomen op haar schitterende haar, de blondste lokken begonnen te gloeien. Voor het eerst in jaren, zag ik een glimp van de liefde aan de horizon verschijnen en ik realiseerde me dat ik eindelijk Cheryl had laten gaan.

Plotseling bleef Madisyn midden op het pad staan, ze keek omhoog naar de bomen en zei: 'Ik hou van Autumn.'

Ik keek naar haar en was sprakeloos terwijl overal op mijn lichaam waarheidsbultjes ontstonden.

'Ik wou dat Autumn hier elke dag was!' riep ze met haar armen uitgestrekt naar de lucht.

'Ik ook,' glimlachte ik. 'Ik ook.'

Over de auteur

Scott Blum is medeoprichter van de populaire inspirerende website DailyOM (dailyom.com). Hij is ook een succesvolle multimediakunstenaar die heeft samengewerkt met populaire auteurs, musici, en visuele kunstenaars en hij produceerde werken die door de critici goed werden ontvangen, inclusief een serie met zeer oude meditatiemuziek uit allerlei landen.

Scott woont in de bergen in Ashland in Oregon met Madisyn Taylor, zijn vrouw, zakenpartner en soulmate.

Website: www.scottblum.net